Salman Rushdie wurde 1947 in Bombay geboren und studierte in Cambridge Geschichte. 1983 erregte er mit dem Roman *Mitternachtskinder* weltweit Aufsehen. Nur wenige Monate nach der Veröffentlichung des Romans *Die Satanischen Verse* im Jahre 1988 sprach der iranische Revolutionsführer Khomeini wegen Blasphemie eine Fatwa über Rushdie aus. Seither lebt der Autor, dessen Bücher vielfach ausgezeichnet wurden und in über zwei Dutzend Sprachen übersetzt vorliegen, an einem unbekannten Ort in England.
Sein neuer Roman *Des Mauren letzter Seufzer* erschien im Frühjahr 1996 im Kindler Verlag.

Von Salman Rushdie sind außerdem erschienen:

Harun und das Meer der Geschichten (Band 60092)
Mitternachtskinder (Band 60284)
Scham und Schande (Band 60285)

Dieses Buch wurde auf chlor- und säurefreiem Papier gedruckt.

Vollständige Taschenbuchausgabe Dezember 1996
Droemersche Verlagsanstalt Th. Knaur Nachf., München

Titel der Originalausgabe »East, West«

Originalverlag Jonathan Cape, London
Umschlaggestaltung Graupner & Partner, München
Umschlagillustration Christopher Corr, London
Druck und Bindung Elsnerdruck, Berlin
Printed in Germany
ISBN 3-426-60571-6

2 4 5 3 1

Salman Rushdie

OSTEN, WESTEN

Aus dem Englischen
von Gisela Stege

Knaur

Für Andrew und Gillon

Inhalt

Osten

Guter Rat ist kostbarer als Rubine

Am letzten Dienstag des Monats brachte der Frühbus, die Scheinwerfer noch aufgeblendet, Miss Rehana vor das Tor des Britischen Konsulats. Er bremste in einer Staubwolke, die ihre Schönheit vor den Augen der Fremden verhüllte, bis sie ausstieg. Der Bus war grell mit bunten Arabesken bemalt. Auf der Stirnseite stand in grünen und goldenen Lettern PLATZ DA, SCHÄTZCHEN! Auf dem Heck stand TATA-BATA und außerdem O.K. ALLES GUTE! Miss Rehana sagte dem Fahrer, es sei ein wunderschöner Bus, woraufhin er hinaussprang, ihr die Tür aufhielt und sich, als sie ausstieg, übertrieben tief vor ihr verbeugte.

Miss Rehanas Augen waren groß und schwarz und so glänzend, daß sie der Hilfe von Antimon nicht bedurften, und als der Beratungsexperte Muhammad Ali diese Augen sah, hatte er das Gefühl, selbst wieder jung zu werden. Er beobachtete, wie sie sich, während das Tageslicht zunahm, dem Konsulatstor näherte und sich an den bärtigen *lala* in seiner Khaki-Uniform mit den Goldknöpfen und der Kokarde am Turban wandte, um ihn zu fragen, wann das Tor geöffnet werde. Der *lala*, sonst immer so schroff zu den Dienstagsfrauen des Konsulats, antwortete Miss Rehana so, daß es schon fast an Höflichkeit grenzte.

»In einer halben Stunde«, erklärte er mürrisch, »vielleicht in zwei Stunden. Wer weiß? Die Sahibs sitzen beim Frühstück.«

Der staubige Platz zwischen der Bushaltestelle und dem Konsulat wimmelte bereits von Dienstagsfrauen, manche von ihnen tief verschleiert, nur wenige mit völlig unverhülltem Gesicht wie Miss Rehana. Sie alle wirkten ängstlich und stützten sich schwer auf den Arm eines Onkels oder Bruders, der sich jeweils große Mühe gab, selbstsicher dreinzublicken. Miss Rehana dagegen war allein gekommen und schien überhaupt keine Angst zu haben. Muhammad Ali, der sich darauf spezialisiert hatte, die am unsichersten wirkenden der allwöchentlich erscheinenden Ratsuchenden anzusprechen, merkte plötzlich, daß seine Füße ihn unwillkürlich zu dieser seltsamen, großäugigen und selbstbewußten jungen Frau hinübertrugen.

»Miss«, begann er, »Sie kommen wegen Permit nach London, glaube ich?«

Sie war zu der kleinen Shanty Town, einer Ansammlung von baufälligen Holzhütten am Rande des Platzes, gegangen und kaute vor einem Imbißstand zufrieden Chili-*pakoras.* Als sie sich umwandte und ihn ansah, spielten ihre Augen so aus der Nähe seinem Verdauungstrakt übel mit.
»Das ist richtig.«
»Erlauben Sie mir dann bitte, Ihnen einen guten Rat zu geben? Kostet nur wenig.«
Miss Rehana lächelte. »Guter Rat ist kostbarer als Rubine«, gab sie zurück. »Aber bezahlen kann ich leider nichts. Ich bin eine Waise und gehöre nicht zu den reichen Damen, die Sie gewohnt sind.«
»Vertrauen Sie meinen grauen Haaren!« Muhammad Ali ließ nicht locker. »Meine Ratschläge beruhen auf reicher Erfahrung. Sie werden sie sicher gut finden.«
Sie schüttelte den Kopf. »Ich sage Ihnen doch, ich bin ein sehr armes Ding. Hier sind Frauen mit männlichen Verwandten, die alle gut verdienen. Gehen Sie zu denen! Guter Rat sollte gutes Geld wert sein.«

Ich bin verrückt, dachte Muhammad Ali, denn er hörte seine Stimme völlig eigenmächtig sagen: »Miss, das Schicksal hat Sie zu mir geschickt. Was soll ich machen? Es war uns vorbestimmt, uns hier zu treffen. Ich bin auch nur ein armer Mann, Ihnen aber gebe ich meine Ratschläge gratis.«
Wieder lächelte sie. »Dann sollte ich sie mir anhö-

ren. Wem das Schicksal etwas schenkt, der erhält stets etwas Gutes.«

Er geleitete sie zu dem niedrigen Holzschreibtisch in seiner Ecke der Shanty Town. Im Gehen aß sie weiter *pakoras* aus der kleinen Zeitungspapiertüte. Ihm bot sie keine davon an.

Muhammad Ali legte ein Kissen auf den staubigen Boden. »Bitte, Platz nehmen!« Dem kam sie nach. Während er sich mit untergeschlagenen Beinen hinter dem Schreibtisch niederließ, war ihm klar, daß zwei bis drei Dutzend männliche Augenpaare ihn neidisch beobachteten, daß sämtliche Männer hier die junge Schönheit begutachteten, die sich von diesem alten, grauhaarigen Gauner reinlegen ließ. Um sich zu beruhigen, atmete er tief durch.

»Den Namen, bitte!«

»Miss Rehana«, antwortete sie. »Verlobt mit Mustafa Dar aus Bradford, London.«

»Bradford, England«, korrigierte er sie freundlich. »London ist nur eine Stadt wie Multan oder Bahawalpur. England ist ein großes Land, bewohnt von den kältesten Fischen der ganzen Welt.«

»Ach so. Ich danke Ihnen«, gab sie so ernst zurück, daß er nicht sicher war, ob sie sich nicht über ihn lustig machte.

»Haben Sie den Antrag ausgefüllt? Dann möchte ich ihn bitte sehen.«

Sie reichte ihm einen braunen Umschlag mit einem sorgsam gefalteten Dokument.

»Ist das okay?« Zum erstenmal lag eine Andeutung von Besorgnis in ihrem Ton.

»Tipptopp«, verkündete er schließlich. »Alles in Ordnung.«

»Ich danke Ihnen für Ihre Beratung«, sagte sie und machte Anstalten, sich zu erheben. »Ich werde jetzt zum Tor gehen und dort warten.«

»Aber wie stellen Sie sich das vor?« rief er laut und schlug sich vor die Stirn. »Glauben Sie, das ist so einfach? Sie geben Ihren Antrag einfach ab, und – husch – schon überreichen die Ihnen mit freundlichem Lächeln die Einreisegenehmigung? Oh, Miss Rehana, ich sage Ihnen, Sie begeben sich an einen Ort, der schlimmer ist als jedes Polizeirevier.«

»Tatsächlich?« Seine Beredsamkeit schien zu wirken. Jetzt hatte er eine aufmerksame Zuhörerin gefunden, und er konnte sie noch einige Minuten länger bewundern.

Nach einem zweiten tiefen, beruhigenden Atemzug ließ er seine Standardrede vom Stapel und erklärte ihr, die Sahibs hielten sämtliche Frauen, die an den Dienstagen hier auftauchten und behaupteten, Angehörige von Busfahrern in Luton oder vereidigten Buchprüfern in Manchester zu sein, für Lügnerinnen, Schwindlerinnen und Betrügerinnen.

»Aber dann werde ich ihnen einfach sagen, daß ich eine Ausnahme bin, daß ich nicht so bin«, protestierte sie.

Ihre Naivität ließ ihn vor Angst um sie erschauern. Ein Spatz sei sie, erklärte er ihr, die da drinnen aber seien Männer mit verhangenen Augen, wie Falken. Man würde ihr Fragen stellen, verriet er ihr, persönliche Fragen – Fragen, die sogar der eigene Bruder einer Lady nicht zu stellen wage. Ob sie noch Jungfrau sei, würden sie fragen, und falls nicht, welche Gewohnheiten ihr Verlobter bei der Liebe habe und welche geheimen Kosenamen sie füreinander erfunden hätten.

Muhammad Ali drückte sich bewußt brutal aus, damit der Schock, den sie bekommen würde, wenn es tatsächlich dazu oder zu ähnlichem kam, sie nicht so hart traf. Ihr Blick blieb gelassen, doch ihre Hände auf der Schreibtischkante begannen zu zittern.

Er fuhr fort: »Man wird Sie fragen, wie viele Zimmer es im Haus Ihrer Familie gibt, welche Farbe die Wände haben und an welchen Tagen Sie den Müll ausleeren. Man wird Sie nach dem zweiten Vornamen der Stieftochter der dritten Cousine der Mutter Ihres Mannes fragen. Und all diese Fragen wurden bereits Ihrem Mustafa Dar in seinem Bradford gestellt. Und wenn Sie nur einen einzigen Fehler machen, sind Sie erledigt.«

»Ja«, sagte sie, und er hörte genau, wie sie sich bemühte, ihrer Stimme einen festen Klang zu geben. »Und wie lautet Ihr Rat, guter Mann?«

An dieser Stelle begann Muhammad Ali sonst eindringlich zu flüstern und seiner Klientin zu erklä-

ren, er kenne da einen Mann, einen sehr netten Menschen, der im Konsulat arbeite, und über den könne er – für einen bestimmten Betrag – die notwendigen Papiere mit allen notwendigen Stempeln und Siegeln besorgen. Das war ein wahrhaft gutes Geschäft, denn die Frauen bezahlten nicht selten fünfhundert Rupien oder gaben ihm ein goldenes Armband für seine Bemühungen und gingen hochzufrieden davon.
Da sie aus Ortschaften kamen, die Hunderte von Meilen entfernt lagen – dessen versicherte er sich gewöhnlich, bevor er sich daranmachte, sie reinzulegen –, war es unwahrscheinlich, daß sie ihn abermals aufsuchten, wenn sie den Betrug entdeckten. Sie fuhren nach Sargodha oder Lalukhet zurück und fingen an zu packen, und ganz gleich, zu welchem Zeitpunkt sie darauf kamen, daß er sie geprellt hatte – es war in jedem Fall zu spät.
Das Leben ist schwer, und von irgend etwas muß ein alter Mann leben. Warum sollte Muhammad Ali Mitleid mit diesen Dienstagsfrauen haben?

Aber wieder spielte ihm seine Stimme einen Streich, so daß er Miss Rehana, statt mit der gewohnten Belehrung zu beginnen, sein bestgehütetes Geheimnis verriet.
»Miss Rehana«, sagte seine Stimme, der er verwundert lauschte, »Sie sind ein Mensch, wie man ihn selten findet, ein Juwel, und ich werde für Sie tun, was ich vielleicht nicht mal für meine eigene Tochter tun würde. Ich bin an ein Dokument gelangt,

das all Ihre Probleme auf einen Schlag lösen kann.«
»Und was ist das für ein wundertätiges Papier?« fragte sie, während ihre Augen ihn jetzt ganz unverkennbar anlachten.
Seine Stimme wurde ganz, ganz leise: »Ein britischer Paß, Miss Rehana. Absolut echt und über jeden Verdacht erhaben. Ich habe einen guten Freund, der Ihren Namen und ein Foto von Ihnen da hineinpraktiziert, und dann, in Null Komma nichts – England, ich komme!«

Er hatte es gesagt!
Heute, an diesem Tag des Wahnsinns, war alles möglich. Vermutlich würde er ihr das Ding gratis und franko geben und sich dafür dann ein Jahr lang selbst in den Hintern treten.
Du alter Narr! schalt er sich. Die ältesten Narren lassen sich von den jüngsten Mädchen betören.

»Daß ich Sie recht verstehe«, sagte sie zu ihm. »Sie schlagen mir vor, eine Straftat zu begehen …«
»Keine Straftat«, fiel er ihr ins Wort. »Nur einen leichteren Weg.«
»… illegal nach Bradford, London, zu reisen und damit die schlechte Meinung zu bestätigen, die diese Konsulats-Sahibs von uns allen haben. Alter *babuji*, das ist wahrhaftig kein guter Rat!«
»Bradford, England«, korrigierte er sie traurig. »So sollten Sie mein Geschenk nicht sehen.«
»Wie denn dann?«

»Ich bin ein armer Mann, *bibi*, und habe Ihnen dieses Angebot gemacht, weil Sie so wunderschön sind. Spucken Sie nicht auf meine Großzügigkeit. Nehmen Sie das Papier! Oder nehmen Sie es nicht, fahren Sie nach Hause und vergessen Sie England! Nur: Gehen Sie nicht in dieses Haus da, wo Sie bloß Ihre Würde verlieren!«

Aber sie war schon aufgesprungen, wandte sich von ihm ab und marschierte auf das Tor zu, wo sich die Frauen inzwischen versammelt hatten und der *lala* ihnen barsch befahl, sich zu gedulden, weil sonst keine von ihnen eingelassen werde.

»Dann machen Sie sich eben zum Narren!« rief Muhammad Ali ihr nach. »Was kümmert's meine Väter?« (Das hieß, was kümmerte es ihn.)

Sie drehte sich nicht um.

»Das ist der Fluch, der auf unserem Volk liegt«, schrie er. »Wir sind dumm, wir sind unwissend, und wir wollen einfach nicht lernen.«

»He, Muhammad Ali«, rief die Frau vom Betelnußstand herüber. »Die Dame hält wohl mehr von jüngeren Männern.«

An diesem Tag lungerte Muhammad Ali nur noch in der Nähe des Konsulatstores herum. Immer wieder schalt er sich selber: Geh weg von hier, du alter Esel! Die Dame will nicht mehr mit dir reden. Doch als sie dann herauskam, entdeckte sie, daß er dort wartete.

»*Salaam,* Beratungs-*wallah*!« begrüßte sie ihn.

Sie wirkte ganz ruhig und schien ihm nicht mehr

böse zu sein. Mein Gott, *ya Allah*, dachte er, sie hat es geschafft! Auch die britischen Sahibs sind in ihren Augen ertrunken, und sie hat ihre Passage nach England.

Hoffnungsvoll lächelte er sie an. Und sie erwiderte sein Lächeln freimütig.

»Miss Rehana Begum«, sagte er, »meinen Glückwunsch, Tochter, für das, was offensichtlich die Stunde des Triumphs für Sie war.«

Spontan ergriff sie seinen Unterarm.

»Kommen Sie«, sagte sie, »ich lade Sie zu einer *pakora* ein, um mich für Ihren guten Rat zu bedanken und mich außerdem für meine Unhöflichkeit zu entschuldigen.«

Sie standen im Staub des nachmittäglichen Platzes neben dem Bus, der zur Abfahrt gerüstet wurde. Kulis befestigten Bettrollen auf dem Dach. Ein Straßenhändler versuchte den Passagieren schreiend Liebesromane und grüne Pillen zu verkaufen – beide gegen Traurigkeit. Miss Rehana und ein glücklicher Muhammad Ali saßen auf der vorderen Stoßstange des Busses und aßen ihre *pakoras*. Der alte Beratungsexperte begann leise die Melodie einer Filmmusik zu summen. Die Hitze des Tages hatte sich gelegt.

»Es war eine arrangierte Verlobung«, erzählte Miss Rehana unvermittelt. »Als meine Eltern sie aushandelten, war ich erst neun Jahre alt. Mustafa Dar war damals schon dreißig, aber mein Vater wollte einen Mann, der sich um mich kümmerte, wie er selbst es immer getan hatte. Und Mustafa war ein Mann, den *daddyji* als einen zuverlässigen Menschen kannte. Dann starben meine Eltern. Mustafa Dar ging nach England und versprach, mich nachkommen zu lassen. Das ist viele Jahre her. Ich habe ein Foto von ihm, aber er ist ein völlig Fremder für mich. Selbst seine Stimme erkenne ich nicht am Telefon.«

Dieses Geständnis überraschte Muhammad Ali, aber er nickte mit einer Miene, die, wie er hoffte, Weisheit ausdrückte.
»Dennoch und trotz alledem«, sagte er, »die Eltern handeln immer zum Besten ihrer Kinder. Die Ihren haben einen guten, ehrlichen Mann für Sie gefunden, der sein Wort gehalten hat und Sie nachkommen lassen will. Und nun haben Sie ein ganzes Leben vor sich, um ihn kennen und lieben zu lernen.«

Die Bitterkeit, die sich auf einmal in ihr Lächeln schlich, verwirrte ihn.
»Warum, guter Mann«, fragte sie, »haben Sie mich denn schon auf die Reise nach England geschickt?«
Zutiefst erschrocken sprang er auf.
»Sie haben so glücklich ausgesehen … Wenigstens kam's mir so vor … Entschuldigen Sie, aber wurden Sie etwa abgewiesen?«
»Ich habe alle Fragen falsch beantwortet«, entgeg-

nete sie. »Ich habe unverwechselbare Kennzeichen auf die falschen Wangen verlegt, habe das Badezimmer völlig anders eingerichtet und überhaupt alles auf den Kopf gestellt. Verstehen Sie?«

»Aber was werden Sie jetzt tun? Wie soll es mit Ihnen weitergehen?«

»Ich werde nach Lahore zurückkehren, und zu meiner Arbeit. Ich bin in einer großen Villa als *ayah* für drei liebe Jungen angestellt. Sie wären sehr traurig gewesen, wenn ich sie verlassen hätte.«

»Das ist ja eine Tragödie!« lamentierte Muhammad Ali. »O Gott, hätten Sie nur mein Angebot angenommen! Aber leider muß ich Ihnen sagen, daß es jetzt nicht mehr geht. Jetzt ist Ihr Antrag registriert, jetzt kann alles kontrolliert werden, jetzt würde Ihnen sogar der Paß nichts mehr nützen. Es ist aus, alles ist aus. Dabei wäre es so einfach gewesen, wenn Sie meinen Rat rechtzeitig befolgt hätten!«

»Ich glaube«, gab sie zurück, »ich glaube wirklich, daß Sie mich nicht zu bedauern brauchen.«

Ihr letztes Lächeln, das er vom Platz vor dem Konsulat aus sah, ehe der Bus es mit einer Staubwolke verhüllte, war die glücklichste Sache, die er in seinem langen, wilden, harten, liebeleeren Leben jemals gesehen hatte.

Das kostenlose Radio

Wir wußten alle, daß ihm nichts Gutes widerfahren würde, solange die Witwe des Diebes ihre Krallen in ihn geschlagen hatte, aber der Junge war naiv, ein echtes Eselskind, und solche Menschen kann man nicht belehren.

Dabei hätte dieser Junge ein wirklich gutes Leben haben können! Gott hatte ihn mit einem göttlichen Aussehen gesegnet, und sein Vater hatte sich zwar für ihn aufgearbeitet, nicht aber ohne dem Jungen eine nagelneue, erstklassige Fahrradrikscha mit Plastiksitzen und allem anderen Komfort zu hinterlassen.

Also: Er hatte dieses göttliche Aussehen, er hatte ein eigenes Unternehmen, und mit der Zeit hätte er auch eine gute Ehefrau bekommen, es wären nur ein paar Jahre nötig gewesen, um einige Rupien zu sparen; aber nein, er mußte sich in die Witwe eines Diebes vergaffen, noch ehe ihm die Haare am Kinn zu sprießen begannen, noch ehe er die Milchzähne verloren hatte, könnte man fast sagen.

Er tat uns leid, doch wer hört heutzutage schon auf die Weisheit des Alters?
Wer, bitte, hört darauf? frage ich Sie.
Genau: kein Mensch, und schon gar nicht so ein Dickschädel wie Ramani, der Rikscha-*wallah*. Die Schuld aber trägt in meinen Augen die Witwe. Ich habe nämlich mit angesehen, wie es passiert ist; das meiste habe ich mit angesehen, bis ich's einfach nicht mehr aushalten konnte. Hier, unter diesem Banyanbaum, hab ich gesessen und dieselbe *hookah* geraucht, und dabei ist mir nicht viel entgangen.
Einmal hab ich versucht, ihn vor dem Untergang zu bewahren, aber es hat nicht geklappt ...
Die Witwe war in der Tat attraktiv, das ist nicht zu leugnen; auf eine harte, bösartige Weise war sie schon in Ordnung, doch ihre Mentalität, die war verdorben. Zehn Jahre älter als Ramani muß sie gewesen sein, dazu fünf lebende und zwei tote Kinder. Was dieser Dieb getan hat, außer Kindermachen und Stehlen, weiß Gott allein, aber er hat ihr nicht *eine* blanke *paisa* hinterlassen, also war sie natürlich an Ramani interessiert. Ich möchte nicht behaupten, daß Rikscha-*wallahs* in dieser Stadt viel Geld verdienen, aber zwei Mundvoll zu essen ist immer noch besser als Wind. Und wer verschwendet schon einen zweiten Blick auf die Witwe eines nichtsnutzigen Diebes.

Genau hier haben sie sich kennengelernt.
Eines Tages kam Ramani in die Stadt gefahren – ohne einen Fahrgast, aber strahlend wie immer, als hätte ihm jemand einen Zehner Trinkgeld gegeben. Er sang irgendeinen Ohrwurm aus dem Radio und hatte Brillantine im Haar wie zu einer Hochzeitsfeier. So dumm war er nicht, daß er nicht merkte, wie ihm die Mädchen ständig nachblickten und Bemerkungen über seine langen, muskulösen Beine machten.
Die Witwe des Diebes hatte den *bania*-Laden, den Kaufmannsladen betreten, um dort dies und das zu kaufen. Ich werde nicht verraten, woher das Geld kam, nur wurden bei Nacht Männer in der Nähe ihrer schäbigen Hütte gesehen, sogar der Kaufmann persönlich, wie man mir berichtete, aber ich selbst möchte mich nicht dazu äußern.
Sie hatte ihre fünf Bälger bei sich und rief, als sie wieder hier war, völlig unbeteiligt: »He! Rikschaaa!« Richtig laut, wissen Sie, wie so ein wirklich ordinärer Typ. Wollte uns zeigen, daß sie es sich leisten kann, Rikscha zu fahren – als ob das irgendeinen interessiert hätte! Ihre Kinder mußten vermutlich hungern für dieses Fahrgeld, aber meiner Meinung nach war das für sie eine Investition, bestimmt hatte sie schon beschlossen, ihre Fänge in Ramanis Fleisch zu schlagen. Also kletterten sie alle in die Rikscha, und dann fuhren sie davon, obwohl diese fünf Kinder einschließlich der Witwe eine schwere Fuhre bedeuteten, weswegen Ramani auch heftig keuchte, während die Adern

an seinen Beinen schwollen und ich dachte: Sieh dich nur vor, mein Sohn, sonst wirst du diese Last dein Leben lang zu schleppen haben!
Von da an traf man Ramani und die Witwe des Diebes allerorten zusammen an, schamlos, öffentlich, und ich war froh, daß seine Mutter tot war, denn wenn sie dies noch erlebt hätte, wäre ihr vor Scham das Gesicht abgefallen.

Zu jener Zeit kam Ramani zuweilen des Abends in unsere Straße, um sich mit ein paar Freunden zu treffen. Sie hielten sich für sehr weltläufig, weil sie ins Hinterzimmer von Iranis Erfrischungsstand gingen und dort schwarzgebrannten Alkohol tranken, nur daß natürlich jedermann davon wußte. Aber wer will schon was dagegen tun? Wenn junge Männer ihr Leben ruinieren, sollen sich doch ihre Verwandten darum kümmern.
Es machte mich traurig zu sehen, wie Ramani in diese schlechte Gesellschaft geriet. Ich hatte seine Eltern gekannt, als sie noch lebten. Doch als ich Ramani riet, er solle sich von diesen Heißspornen fernhalten, grinste er nur dämlich und sagte, ich müsse mich irren, niemand tue etwas Unrechtes.
Laß ihn doch, dachte ich mir.
Ich kannte diese Burschen, die seine Kumpels waren. Sie trugen alle die Armbinden der neuen Jugendbewegung. Es war die Zeit des erklärten Notstands, und diese Freunde waren keine friedliebenden Menschen. Es wurde viel davon gemunkelt, daß Leute zusammengeschlagen wurden, also

blieb ich still unter meinem Baum sitzen. Ramani trug zwar keine Armbinde, aber er schloß sich ihnen an, weil sie Eindruck auf ihn machten, den armen Toren.

Diese Armbindenknaben schmeichelten Ramani ständig. Du bist ein so hübscher Kerl, behaupteten sie, neben dir wirken Shashi Kapoor und Amitabh wie Aussätzige, du solltest nach Bombay gehen und dich dort für den Film entdecken lassen.
Sie schmeichelten seinen Sehnsüchten, weil sie wußten, daß sie ihn beim Kartenspiel ausnehmen konnten und er sie dabei noch zu Drinks einladen würde, obwohl er wirklich nicht reicher war als sie. So setzten sie Ramani die Flausen von einer Filmkarriere in den Kopf, in dem sonst nichts war, was Platz gebraucht hätte, und das ist ein weiterer Grund, weshalb ich dieser Witwe die Schuld gebe, denn sie hatte mehr Jahre auf dem Buckel und hätte dementsprechend vernünftiger sein müssen. Im Handumdrehen hätte sie ihm all das austreiben können, aber nein, eines Tages hörte ich sie lauthals verkünden: »Ehrlich, du siehst genauso aus wie unser Herr Krishna, nur daß du nicht überall blau bist.« In aller Öffentlichkeit! Damit nur ja alle merkten, daß sie ein Liebespaar waren! Von da an war ich überzeugt, daß eine Katastrophe hereinbrechen würde.

Als die Witwe des Diebes das nächstemal in unsere Straße kam, um dem *bania*-Laden einen Besuch abzustatten, beschloß ich zu handeln. Nicht um meinetwillen, sondern wegen der toten Eltern des Jungen ging ich das Risiko ein, gedemütigt zu werden, gedemütigt von einer … Nein, ich werde sie nicht so nennen; sie ist inzwischen anderswo, und dort wird man wissen, was sie ist.

»Diebswitwe!« rief ich laut.

Sofort erstarrte sie und wandte den Kopf auf eine schmerzliche Art und Weise, als hätte ich sie mit einer Peitsche geschlagen.

»Kommen Sie her und sprechen Sie mit mir!« befahl ich ihr.

Das konnte sie mir nicht verweigern, weil ich eine nicht unbedeutende Persönlichkeit in unserer Stadt bin, und möglicherweise überlegte sie auch, daß die Leute, wenn sie uns miteinander sprechen sahen, endlich aufhören würden, sie ständig zu ignorieren. Also kam sie, wie ich es vorausgesehen hatte, zu mir herüber.

»Ich hab' Ihnen nur eines zu sagen«, erklärte ich würdevoll. »Ramani, der Rikschaboy, liegt mir am Herzen. Suchen Sie sich doch einen Mann Ihres Alters, oder, besser noch, gehen Sie in einen der Witwen-Ashrams in Benares, um dort den Rest Ihres Lebens zu beten und Gott zu danken, daß Witwenverbrennungen heutzutage verboten sind!«

An diesem Punkt versuchte sie den Spieß umzudrehen, indem sie mich laut anschrie, mich verfluchte und behauptete, ich sei ein giftiger alter Mann, der schon vor Jahren hätte sterben sollen. Dann fuhr sie fort: »Eines will ich Ihnen sagen, Sie, Herr

Lehrer Sahib *im Ruhestand*: Ihr Ramani hat mich gebeten, ihn zu heiraten, aber ich habe nein gesagt, weil ich keine Kinder mehr haben will und weil er ein junger Mann ist und eigene Kinder haben sollte. Erklären Sie das der ganzen Welt, und hören Sie endlich auf, Gift zu verspritzen wie eine Kobra!«

Von da an verschloß ich eine Zeitlang die Augen vor der Affäre Ramanis mit der Witwe des Diebes; ich hatte alles getan, was ich konnte, und außerdem gab es noch viele andere Dinge in der Stadt, die einen Menschen wie mich interessierten. Zum Beispiel hatte der örtliche Gesundheitsbeamte einen weißen Caravan in unsere Straße gebracht und die Erlaubnis erhalten, ihn abseits unter dem Banyanbaum abzustellen; allnächtlich wurden immer wieder Männer für eine Weile in diesen Wagen gebracht, mit denen man dort irgend etwas anstellte.

Da ich damals keine Lust hatte, in der Nähe zu sein, weil die Jugendlichen mit den Armbinden ständig Wache hielten, nahm ich meine *hookah* und suchte mir einen anderen Platz. Ich hörte zwar gerüchteweise, was in dem Caravan geschah, verschloß aber auch davor meine Augen.

Doch während dieser Caravan, der ständig nach Äther roch, in unserer Stadt war, wurde die Bosheit der Witwe in ihrem vollen Ausmaß offenbar; denn eben zu diesem Zeitpunkt begann Ramani auf einmal, von seinem neuen Hirngespinst zu sprechen und allen, die er auftreiben konnte, zu erzählen, daß er in Kürze ein ganz besonderes und persönliches Geschenk der Zentralregierung in Delhi erhalten werde und daß dieses Geschenk ein nagelneues, erstklassiges, batteriebetriebenes Transistorradio sei.

Also: Wir waren schon immer der Meinung, daß unser Ramani mit seinen Vorstellungen, ein Filmstar oder was weiß ich zu werden, ein bißchen schwach im Kopf sei. Deswegen nickten die meisten nachsichtig und erwiderten ihm: »Aber gewiß doch, Ram, wie schön für dich!« Oder: »Wie schön, daß eine Regierung so großzügig ist und Radios an Leute verschenkt, die so scharf auf populäre Musik sind!«

Aber Ramani behauptete, es sei wirklich wahr, und schien glücklicher zu sein als je in seinem Leben, obwohl sich dieses Glück durch das bevorstehende Eintreffen eines Transistorradios nicht ganz erklären ließ.

Kurz nachdem das Traumradio zum erstenmal erwähnt wurde, heirateten Ramani und die Witwe des Diebes, und da ging mir ein Licht auf. An der Hochzeitsfeier nahm ich nicht teil – sie war, nach allem, was man hörte, eine armselige Angelegenheit –, aber nicht lange danach, als Ram eines Tages mit der leeren Rikscha am Banyanbaum vorüberkam, sprach ich ihn an.

Er setzte sich zu mir, und ich fragte ihn: »Bist du

zum Caravan gegangen, mein Junge? Was hast du dort mit dir anstellen lassen?«

»Keine Angst«, gab er zurück. »Alles ist ganz einfach wundervoll. Ich bin verliebt, Lehrer Sahib, und ich hab mir die Möglichkeit geschaffen, meine Frau heiraten zu können.«

Ich muß gestehen, daß ich zornig wurde; ja, mir kamen fast die Tränen, als mir klar wurde, daß Ramani sich freiwillig einer Demütigung unterzogen hatte, die den anderen Männern, die man zum Caravan brachte, aufgezwungen wurde. Ich machte ihm die bittersten Vorwürfe. »Mein idiotischer Sohn, du hast dir von dieser Frau deine Männlichkeit rauben lassen!«

»Aber es ist wirklich nicht so schlimm«, behauptete Ram und meinte die *nasbandi.* »Es hindert keinen Mann daran, mit einer Frau zu schlafen und so – entschuldigen Sie bitte, Lehrer Sahib, daß ich so etwas erwähne –, es verhindert nur die Babies, und meine Frau will keine Kinder mehr, also ist jetzt alles hundertprozentig okay. Außerdem dient das Ganze dem nationalen Interesse«, belehrte er mich. »Und schon bald wird das kostenlose Radio eintreffen.«

»Das kostenlose Radio?« wiederholte ich.

»Ja. Erinnern Sie sich, Lehrer Sahib!« sagte Ram vertraulich. »Laxman, der Schneider, hat sich doch vor einigen Jahren, als ich noch ein Kind war, dieser Operation unterzogen. In Null Komma nichts war das Radio da, und aus der ganzen Stadt kamen die Leute, um es sich anzuhören. Das ist der

Dank der Regierung. Eine ausgezeichnete Sache, so ein Radio.«

»Verschwinde, geh mir aus den Augen!« rief ich verzweifelt, fand aber nicht den Mut, ihm zu erklären, was inzwischen das ganze Land wußte: daß die Sache mit dem kostenlosen Radio nämlich ein faules Ei war, längst vorüber, längst vergessen. Sie war – *funtoosh!* – bereits vor vielen Jahren geplatzt.

Nach diesen Ereignissen kam die Witwe des Diebes, die jetzt Rams Ehefrau war, nicht mehr sehr häufig in die Stadt – zweifellos schämte sie sich zu sehr über das, wozu sie ihn getrieben hatte. Aber Ramanis Arbeitsstunden waren länger denn jemals zuvor, und sobald er einem der vielen Bekannten begegnete, denen er von dem Radio erzählt hatte, hob er eine Hand ans Ohr, als halte er in ihr bereits diesen verdammten Apparat, und ahmte nicht ohne Geschick die Rundfunksendungen nach.

»Yé Akashvani hai«, verkündete er der ganzen Straße. »Hier ist Radio All-India. Wir bringen die Nachrichten. Ein Regierungssprecher hat heute verkündet, daß Ramani Rikscha-*wallahs* Radio bereits unterwegs ist und jeden Moment zugestellt wird. Und nun ein wenig Musik.« Anschließend sang er in einem lächerlich hohen Falsett Lieder von Asha Bhonsle oder Lata Mangeshkar.

Ram war schon immer mit der seltenen Eigenschaft gesegnet gewesen, an seine Träume fest zu glauben, und es gab Zeiten, da steckte er uns mit seiner Überzeugung, das imaginäre Radio werde

kommen, beinahe an, so daß wir halbwegs daran glaubten, es sei tatsächlich unterwegs, oder sogar, es sei bereits da, unsichtbar in seiner Hand am Ohr, während er mit der Fahrradrikscha durch die Straßen der Stadt fuhr.
Allmählich warteten wir regelrecht darauf, daß Ramani am fernen Ende einer Gasse um die Ecke bog, seine Klingel betätigte und lauthals verkündete: »Radio All-India! Hier ist Radio All-India!«

Die Zeit verging.
Und Ram fuhr noch immer mit seinem unsichtbaren Radio durch die Stadt. Ein Jahr verging. Noch immer hallten seine Imitationen von Rundfunksendungen durch die Straßen. Doch wenn ich ihn jetzt sah, entdeckte ich etwas Neues in seinem Gesicht, eine gewisse Anstrengung, als koste ihn das Ganze eine enorme Kraft und sei weitaus ermüdender als das Rikschafahren, noch ermüdender, als eine Rikscha mit der Witwe des Diebes nebst ihren fünf lebenden Kindern sowie den Geistern der beiden toten zu kutschieren. Es war, als ergieße sich die ganze Energie seines jungen Körpers in diesen fiktiven Raum zwischen Ohr und gewölbter Hand, und er versuche, das Radio durch einen machtvollen, möglicherweise tödlichen Willensakt ins Leben zu zwingen.
Besonders hilflos kam ich mir vor, weil ich ahnte, daß Ram all seine Ängste und all seine Reue über das, was er getan hatte, in die Idee dieses Radios fließen ließ, und daß er, wenn dieser Traum sich

in Nichts auflösen sollte, gezwungen war, sich der ganzen Schwere seines Verbrechens gegen den eigenen Körper zu stellen und zu begreifen, daß die Witwe des Diebes ihn, bevor sie ihn heiratete, in einen Dieb der dümmsten und schrecklichsten Art verwandelt hatte, indem sie ihn zwang, sich selbst zu berauben.
Dann kehrte der weiße Caravan auf den Platz unter dem Banyanbaum zurück, und ich wußte, daß nichts mehr zu machen war, weil Ram bestimmt kommen würde, um sich sein Geschenk abzuholen.

Er kam nicht am ersten Tag und auch nicht am zweiten. Später erfuhr ich, daß er nicht habgierig wirken wollte; er wollte die Gesundheitsbeamten nicht merken lassen, wie verzweifelt er sich dieses Radio wünschte. Außerdem hoffte er irgendwie, sie würden es ihm zu Hause aushändigen, vielleicht im Rahmen einer kleinen, offiziellen Feier. Ein Narr bleibt ein Narr, und niemand kann sagen, welche Vorstellungen er sich macht.

Am dritten Tag kam er. Unter dem Klingeln seiner Fahrradglocke, die Hand wie üblich am Ohr und lauthals den Wetterbericht imitierend, traf er vor dem Caravan ein. Hinter ihm in der Rikscha saß die Witwe des Diebes, die Hexe, die es nicht hatte lassen können, mitzukommen, um der Demontage ihres Lebensgefährten beizuwohnen.
Es dauerte nicht sehr lange.

Fröhlich stieg Ram in den Caravan, während er seinen Armbindenkumpels zuwinkte, die das Fahrzeug vor dem Volkszorn beschützten. Wie ich hörte – denn ich hatte die Szene verlassen, um mir diesen Schmerz zu ersparen –, hatte er eine Menge Pomade in den Haaren, und seine Kleidung war frisch gestärkt. Die Witwe des Diebes stieg nicht aus, sondern blieb in der Rikscha sitzen. Einen schwarzen Sari über den Kopf gezogen, umklammerte sie ihre Kinder, als seien sie ihr Rettungsanker.

Nach kurzer Zeit hörte man einen Wortwechsel aus dem Caravan; dann wurden die Stimmen noch lauter, und schließlich gingen die jungen Männer mit den Armbinden hinein, um nachzusehen, was sich dort abspielte. Bald darauf wurde Ram von seinen Trinkkumpanen im Polizeigriff ins Freie befördert; die Brillantine war über sein ganzes Gesicht verschmiert, und er blutete aus dem Mund. Auch die gewölbte Hand hatte er nicht mehr am Ohr.

Und obwohl sie ihren Ehemann in den Staub stießen, rührte sich die schwarze Witwe des Diebes, wie man mir sagte, nicht von ihrem Platz in der Rikscha.

O ja, ich weiß, ich bin ein alter Mann, meine Gedanken werden mit jedem Jahr faltiger, und wie man mir sagt, sind Sterilisation und Gott weiß was noch heutzutage dringend notwendig. Möglicherweise habe ich auch unrecht, der Witwe die Schuld zu geben – wer weiß? Möglicherweise kann man die Ansichten sämtlicher alter Menschen vergessen; wenn das so ist, dann soll es eben sein. Aber diese Geschichte erzähle nun mal ich, und ich bin noch nicht fertig damit.

Einige Tage nach dem Zwischenfall im Caravan sah ich, wie Ramani dem alten Moslemgauner, dem die Fahrradreparaturwerkstatt gehörte, seine Rikscha verkaufte. Als er merkte, daß ich ihn beobachtete, kam er zu mir und sagte: »Leben Sie wohl, Lehrer Sahib! Ich gehe nach Bombay und werde ein noch größerer Filmstar als Shashi Kapoor und sogar Amitabh Bachchan.«

»*Ich* gehe, sagst du?« fragte ich ihn. »Soll das heißen, daß du allein fährst?«

Er warf sich in die Brust. Die Witwe des Diebes hatte ihm schon beigebracht, sich älteren Menschen gegenüber nicht mehr bescheiden zu verhalten.

»Meine Frau und die Kinder werden mitkommen«, erklärte er. Das waren die letzten Worte, die wir miteinander wechselten. Am selben Tag noch reisten sie mit dem Südzug ab.

Nachdem ein paar Monate vergangen waren, erhielt ich den ersten Brief von ihm – natürlich nicht eigenhändig geschrieben, denn trotz meiner weit zurückliegenden Bemühungen hatte er kaum schreiben gelernt. Er hatte einen professionellen Briefschreiber angeheuert, der ihn viele Rupien gekostet haben muß, weil alles im Leben Geld

kostet, und in Bombay doppelt soviel wie anderswo. Fragen Sie nicht, warum er mir schrieb, er hat es getan. Ich habe die Briefe und kann sie Ihnen vorlegen, also sind alte Menschen hin und wieder doch zu etwas zu gebrauchen, aber vielleicht wußte er auch, daß ich der einzige war, der sich für ihn interessierte.
Wie dem auch sei: Die Briefe waren voller Berichte über seinen neuen Beruf; ich erfuhr, daß er sofort entdeckt worden war, daß ein großes Studio Probeaufnahmen gemacht hatte und ihn nunmehr zum Star trimmte, daß er seine Tage mit Spitzendarstellerinnen im »Sun-'n'-Sand-Hotel« am Juhu Beach verbrachte und eine Villa am Pali Hill kaufen wollte, in Hanglage und mit der modernsten Sicherheitsausrüstung, um ihn vor den Fans zu schützen, daß es der Witwe des Diebes gutging, daß sie glücklich war und dick wurde, und daß sein Leben ausgefüllt war mit Licht, Erfolg und frei zugänglichem Alkohol.

Es waren wundervolle Briefe, überbordend von Selbstsicherheit; doch jedesmal, wenn ich sie lese – und zuweilen lese ich sie heute noch –, erinnere ich mich an seinen Gesichtsausdruck in der Zeit kurz vor dem Tag, an dem er die Wahrheit über sein Radio erfuhr, und an die ungeheure, ja, fast wahnsinnige Kraft, die er dafür aufgewandt hatte, die Realität herbeizuzaubern – durch einen Akt übermenschlichen Glaubens, einfach so aus der Luft zwischen der gewölbten Hand und dem Ohr.

Das Haar des Propheten

Anfang des Jahres 19.., als Srinagar im Bann eines so harten Winters lag, daß Menschenknochen so leicht zu Bruch gingen, als seien sie aus Glas, konnte man einen jungen Mann, auf dessen kältegeröteter Haut wie ein Frosthauch der unverwechselbare Schimmer des Reichtums lag, den elendigsten und verrufensten Teil der Stadt betreten sehen – jenes Viertel, in dem die armseligen Hütten aus Holz und Wellblech ständig die Balance zu verlieren drohten – und sich mit leiser, ernsthafter Stimme erkundigen hören, wohin er sich wenden müsse, um sich der Dienste eines zuverlässigen professionellen Einbrechers zu versichern. Der Name des jungen Mannes war Atta, und die Schurken in diesem Stadtteil lockten ihn schadenfroh in immer finsterere und einsamere Gassen, bis er in einem Hinterhof, der naß vom Blut eines geschlachteten Huhnes glänzte, von zwei Männern mit verhüllten Gesichtern überfallen, eines beträchtlichen Geldbündels, das er leichtsinnigerweise auf seinen einsamen Ausflug mitgenommen hatte, beraubt und so zusammengeschlagen wurde, daß er dem Tode nahe war.

Die Nacht brach herein. Der Bewußtlose wurde von unbekannten Händen ans Seeufer getragen und mit einer *shikara* auf dem Wasser weiterbefördert, bis er, geschunden und blutend, am verlassenen Rand des Kanals niedergelegt wurde, der zu den Gärten von Shalimar führte. In der Morgendämmerung des nächsten Tages ruderte ein Blumenverkäufer mit seinem Boot durch den Kanal, dessen Wassern die bittere Nachtkälte die dunstige Konsistenz wilden Honigs verliehen hatte. Er entdeckte die dahingestreckte Gestalt des jungen Atta, der soeben begann, sich zu regen und zu stöhnen, und auf dessen nunmehr totenbleicher Haut unter einer sehr realen Schicht Reif noch immer ganz schwach der Schimmer des Reichtums auszumachen war.

Der Blumenverkäufer vertäute sein Boot und erfuhr, als er sich über den Mund des Verletzten beugte, von Lippen, die sich kaum noch zu bewegen vermochten, die gemurmelte Adresse des Ärmsten. Der Händler brachte Atta daraufhin in der Hoffnung auf ein reichliches Trinkgeld zu einer großen Villa am Seeufer, wo eine wunde schöne, unerklärlicherweise mit blauen Flekken übersäte junge Frau und ihre verzweifelte, doch ebenso ansehnliche Mutter – die beide, wie deutlich an ihren Augen zu erkennen war, vor Sorge kaum eine Minute geschlafen hatten – erschrocken aufschrien, als sie den reglos zwischen den traurig-kümmerlichen Winterblumen des erwartungsfrohen Floristen liegenden Atta, den älteren Bruder der schönen jungen Frau, erkannten.

Der Blumenverkäufer erhielt tatsächlich ein hübsches Sümmchen, nicht zuletzt, damit er schwieg, und spielt nun in unserer Erzählung keine Rolle mehr. Atta, der nicht nur stark unterkühlt war, sondern auch einen Schädelbruch erlitten hatte, fiel in ein Koma, angesichts dessen selbst die besten Ärzte der Stadt hilflos die Achseln zuckten. Daher war es um so bemerkenswerter, daß in dem elendigsten und verrufensten Viertel der Stadt schon am nächsten Abend ein zweiter unerwarteter Besucher auftauchte: Huma, die Schwester des unglückseligen jungen Mannes. Sie stellte dieselbe Frage wie ihr Bruder und erkundigte sich mit der gleichen leisen, ernsthaften Stimme: »Wo kann ich einen Dieb anwerben?«

Die Geschichte von dem reichen Dummkopf, der einen Einbrecher suchte, hatte sich bereits in sämtlichen verpesteten Hintergassen herumgesprochen, doch die junge Frau, die diesmal gekommen war, setzte hinzu: »Ich muß noch erwähnen, daß ich weder Geld noch irgendwelchen Schmuck bei mir trage. Da mein Vater mich enterbt hat, wird er auch kein Lösegeld zahlen, wenn ich entführt werde; außerdem habe ich bei meinem Onkel, dem Vizepräsidenten der Polizei, einen Brief hinterlegt, der geöffnet wird, falls ich nicht spätestens morgen früh heil und gesund wieder zu Hause bin. Durch diesen Brief erfährt er alle Einzelheiten meines Besuchs in diesem Stadtteil, und er wird Himmel und Hölle in Bewegung setzen, um jene zu strafen, die mir etwas angetan haben.«

Ihre außergewöhnliche Schönheit, selbst unter den ihre Arme und ihre Stirn entstellenden bösen Prellungen und Quetschungen zu sehen, im Verein mit ihrem so sonderbaren Begehren, hatte eine beträchtliche Anzahl Neugieriger angelockt, und da sie mit ihrer kleinen Ansprache wirklich an alle Möglichkeiten gedacht zu haben schien, machte niemand den Versuch, ihr etwas anzutun, obwohl einige recht grobe Bemerkungen darüber fielen, wie merkwürdig es doch sei, daß sich jemand, der einen Verbrecher anzuwerben trachte, auf den Schutz eines hochstehenden Onkels bei der Polizei berufe.
Durch immer dunklere und menschenleerere Gassen wurde sie geführt, bis ihr in einem Durchgang, schwarz wie Tinte, eine alte Frau mit Augen, deren starrer Blick Huma sofort verriet, daß sie blind war, von einer Türöffnung her zuwinkte, aus der die Finsternis quoll wie dicker Rauch. Mit geballten Fäusten befahl Huma ihrem Herzen zornig, sich

normal zu verhalten, und folgte der Alten in das von Dunkelheit erfüllte Haus.

Ein feiner Strahl Kerzenlicht sickerte durch die Finsternis, so schwach, wie man ihn sich kaum vorstellen kann; als Huma diesem dünnen, gelblichen Faden folgte (die alte Frau konnte sie nicht mehr sehen), spürte sie plötzlich einen scharfen Schlag gegen die Schienbeine und schrie unwillkürlich auf. Sofort biß sie sich jedoch fest auf die Lippe, verärgert, weil sie demjenigen, der oder das sie hier im Dunkeln versteckt erwartete, ihre wachsende Angst verraten hatte.

In Wirklichkeit war sie gegen einen niedrigen Tisch gestoßen, auf dem eine einzige Kerze brannte und hinter dem eine Gestalt auszumachen war, die wie ein gigantisches Gebirge mit gekreuzten Beinen auf dem Fußboden hockte.

»Hinsetzen, hinsetzen!« sagte eine ruhige, tiefe Männerstimme; und dieser kurze und bündige Befehl bewirkte, daß die Beine unter ihr nachgaben, ohne noch einer blumigeren Einladung zu bedürfen.

Die linke Hand mit der rechten umklammernd, zwang sie sich, gelassen zu erwidern: »Und Sie, Herr, sind Sie der Dieb, nach dem ich gefragt habe?«

Seinen schweren Körper ein wenig zurechtsetzend, klärte der Schattenberg Huma darüber auf, daß in dieser Gegend sämtliche kriminellen Akti-

vitäten straff durchorganisiert seien und so streng überwacht, daß sämtliche Gesuche um das, was man als freiberufliche Arbeit bezeichnen könne, über dieses Gelaß laufen müßten.
Er verlangte detaillierte Informationen über das gewünschte Verbrechen, darunter eine präzise Auflistung der zu beschaffenden Gegenstände, exakte Angaben über die finanzielle Entlohnung mitsamt allen Gratifikationen sowie – nur für die Unterlagen bestimmt – eine kurze Zusammenfassung der Beweggründe für das Gesuch.
Bei dieser letzten Forderung gab Huma – als müsse sie an etwas Bestimmtes denken – ihrem Körper wie auch ihrem Willen einen Ruck und antwortete heftig, die Beweggründe gingen ausschließlich sie selbst etwas an; Einzelheiten werde sie nur mit dem Einbrecher persönlich besprechen; doch die Entlohnung, die sie in Aussicht stelle, könne guten Gewissens als »großzügig« bezeichnet werden.
»Da ich mich in den Räumen einer Art Arbeitsvermittlung zu befinden scheine, möchte ich Ihnen, mein Herr, lediglich mitteilen, daß ich für eine so großzügige Entlohnung den verwegensten Verbrecher brauche, den es gibt, einen Mann, der im Leben vor nichts mehr zurückschreckt, nicht einmal aus Gottesfurcht. Den allerschlimmsten, sage ich Ihnen – mit weniger gebe ich mich nicht zufrieden!«

Nun wurde eine ölbetriebene Sturmlaterne entzündet, und Huma sah sich einem grauhaarigen

Riesen gegenüber, auf dessen linker Wange eine höchst unheimliche Narbe prangte, ein gezacktes Wundmal in Gestalt des Zeichens *sín* in der Neschi-Schrift. Auf einmal wurde sie von dem unendlich wehmütigen Gefühl ergriffen, der schwarze Mann aus ihrer Kinderstube sei auferstanden, um ihr Angst einzujagen, denn ihre *ayah* hatte drohenden Ungehorsam stets damit zu verhindern gewußt, daß sie Huma und Atta warnte: »Wenn ihr nicht artig seid, werd ich ihn holen, damit er euch in den Sack steckt und mitnimmt – den Scheich Sín, den König der Diebe!«

Hier nun saß grauhaarig, aber eindeutig mit einer Narbe gezeichnet, der berüchtigte Verbrecher persönlich – und Huma verlor fast den Verstand. Hatten die Ohren sie getrogen, oder hatte er tatsächlich soeben verkündet, daß unter den gegebenen Umständen ausschließlich er selbst für diese Aufgabe in Frage komme?

Heftig gegen die neugeborenen Kobolde der Erinnerung ankämpfend, erklärte Huma dem angsteinflößenden Freiwilligen, daß nur ein Anliegen von äußerster Dringlichkeit und Bedrohlichkeit sie dazu veranlassen konnte, sich ohne Begleitung in diese gefährliche Gegend zu wagen.

»Da wir uns einen Rückzieher in letzter Minute nicht leisten können«, fuhr sie fort, »habe ich beschlossen, Ihnen alles zu sagen und keinerlei Geheimnisse zurückzuhalten. Wenn Sie, nachdem Sie alles gehört haben, noch immer bereit sind, für

uns zu arbeiten, werden wir alles in unserer Macht Stehende tun, um Ihnen zu helfen und Sie zu einem reichen Mann zu machen.«
Der alte Dieb hob die Schultern, nickte, spie aus. Und Huma begann mit ihrer Geschichte.

Sechs Tage zuvor war im Haus ihres Vaters, des reichen Geldverleihers Hashim, alles noch so gewesen wie immer. Beim Frühstück hatte ihre Mutter den Teller des Geldverleihers liebevoll mit *khichri* gefüllt, und die Gespräche standen im Zeichen all jener Formeln der Höflichkeit und Fürsorge, auf die die ganze Familie so stolz war.
Hashim wies mit Vorliebe darauf hin, daß er zwar kein frommer Mann sei, aber größten Wert darauf lege, »auf dieser Welt ein ehrenwertes Leben zu führen«. In seiner weitläufigen Villa am Seeufer wurden alle Fremden mit dem gleichen Zeremoniell und mit dem gleichen Respekt empfangen, auch jene Unglücklichen, die kamen, um wegen winziger Bruchteile von Hashims riesigem Vermögen zu verhandeln, und von denen er natürlich einen Zinssatz von über siebzig Prozent verlangte, nicht zuletzt, wie er seiner *khichri* löffelnden Ehefrau erklärte, »um diesen Menschen den Wert des Geldes nahezubringen; wenn sie diese Lektion gelernt haben, werden sie endgültig vom Fieber des ewigen Schuldenmachens geheilt sein. Gelingt der Plan, werde ich mich, wie du siehst, sogar eigenhändig um meine Verdienstquelle bringen!«
Ihren Kindern Atta und Huma hatten der Geldver-

leiher und seine Frau erfolgreich die Tugenden der Sparsamkeit und des ehrlichen Handelns anerzogen sowie einen gesunden Unabhängigkeitswillen. Zu diesem Werk pflegte sich Hashim nur allzugern selbst zu beglückwünschen.

Das Frühstück endete; die Familienmitglieder wünschten einander einen erfolgreichen Tag. Innerhalb weniger Stunden jedoch sollte die gläserne Zufriedenheit dieses Hauses, dieses Lebens von porzellanzarter Delikatesse und alabasterner Empfindsamkeit so gründlich zertrümmert werden, daß es keine Hoffnung auf irgendeine Wiederherstellung gab.

Der Geldverleiher ließ seine persönliche *shikara* kommen und wollte gerade einsteigen, als er ein silbriges Aufblitzen wahrnahm und zwischen dem Boot und seinem Privatsteg eine kleine Phiole treiben sah. Spontan fischte er sie aus dem trägen Wasser.

Es war ein farbiger Glaszylinder, der in einer kunstvoll gearbeiteten Silberhülse steckte, und hinter dem gewölbten Glas sah Hashim einen silbernen Anhänger mit einem einzelnen menschlichen Haar.

Fest schloß er die Faust um seinen kostbaren Fund, erklärte dem Bootsmann murmelnd, er habe es sich anders überlegt, und eilte in sein Privatgemach, wo er sich hinter geschlossenen Türen am Anblick dieses einzigartigen Gegenstands weidete.

Es besteht kein Zweifel, Hashim, der Geldverleiher, wußte vom ersten Augenblick an, daß er sich im Besitz der berühmten Reliquie des Propheten Mohammed befand, seines angebeteten heiligen Haares, das am Tag zuvor aus seinem Schrein in der Moschee von Hazratbal gestohlen worden war und damit ein nie dagewesenes Gezeter und Wehklagen im ganzen Tal ausgelöst hatte.
Die Diebe – zweifellos verängstigt durch das Pandämonium, das sie ausgelöst hatten, durch die endlose Prozession kreischender Klageschlangen in den Straßen der Stadt, durch den Aufruhr, die politischen Auswirkungen und den massiven Polizeieinsatz bei der Suche, geleitet und durchgeführt von Männern, deren gesamte Karriere auf einmal davon abhing, ob sie dieses verlorene Haar fanden oder nicht – waren offenbar in Panik geraten und hatten die Phiole ins träge Wasser der Seebucht geworfen.
Nachdem er die Reliquie dank einer überaus glücklichen Fügung gefunden hatte, stand fest, was Hashims Pflicht nun war: Das Haar mußte in seinen Schrein zurückgebracht werden, damit im Land wieder Gleichmut und Frieden einzogen.

Aber der Geldverleiher hegte andere Absichten.
Alles, was ihn in seinem Studierzimmer umgab, war Ausdruck seiner Sammelwut. Da gab es riesige Vitrinen mit aufgespießten Schmetterlingen aus Gulmarg, drei Dutzend maßstabgerechte Modelle der legendären Kanone Zamzama in allen mög-

lichen Legierungen, zahllose Säbel, einen Naga-Speer, vierundneunzig Terrakotta-Kamele, wie sie auf den Perrons der Eisenbahn feilgeboten werden, viele Samoware und einen ganzen Zoo von winzigen, aus Sandelholz geschnitzten Tieren, die ursprünglich als Badewannenspielzeug für Kinder gedacht waren.
Wenn man recht bedenkt, sagte sich Hashim, muß dem Propheten dieser Reliquienkult doch außerordentlich mißfallen. Er hat die Vorstellung, vergöttlicht zu werden, immer gehaßt. Indem ich seinen fehlgeleiteten Anbetern nun dieses Haar vorenthalte, leiste ich ihm – oder etwa nicht? – einen weit besseren Dienst, als wenn ich es zurückgeben würde. Selbstverständlich behalte ich es nicht etwa wegen seines religiösen Wertes ... Schließlich bin ich ein Mann von Welt, von dieser Welt. Ich sehe lediglich ein säkulares Objekt von größter Seltenheit und überwältigender Schönheit darin. Kurz: Es ist die silbergefaßte Phiole, die ich begehre, weniger das Haar. Man sagt, es gibt amerikanische Millionäre, die gestohlene Meisterwerke erwerben und sie verstecken – die wüßten genau, was ich jetzt empfinde. Ich muß, ich muß das Ding einfach haben!

Jeder Sammler braucht wenigstens ein menschliches Wesen, um seine Schätze mit ihm zu teilen, und so rief Hashim seinen einzigen Sohn Atta zu sich und schilderte ihm das Geschehene. Atta war zutiefst beunruhigt, plauderte aber, da er zu

schweigen geschworen hatte, erst aus der Schule, als die Probleme unerträglich wurden.
Der junge Mann entschuldigte sich und ließ den Vater allein in der erstickenden Fülle seiner Sammlungen zurück. Hashim saß hoch aufgerichtet auf seinem geschnitzten Holzstuhl mit der hohen Lehne und starrte unverwandt auf die wunderschöne Phiole.

Da es allgemein bekannt war, daß der Geldverleiher nicht zu Mittag aß, betrat erst abends wieder ein Diener das Studierzimmer, um seinen Herrn zur Tafel zu rufen. Er traf Hashim an, wie Atta ihn verlassen hatte. Genauso, und dennoch nicht genauso, denn der Geldverleiher wirkte nun aufgedunsen, verquollen. Seine Augen traten noch weiter aus den Höhlen als sonst, sie waren rot gerändert, und seine Handknöchel waren schneeweiß.
Er sah aus, als wolle er platzen. Als habe er sich unter dem Einfluß der unterschlagenen Reliquie mit einer ganz besonderen Flüssigkeit gefüllt, die jeden Moment unkontrollierbar aus all seinen Körperöffnungen zu dringen drohte.
Man mußte ihn zu Tische führen, und dort kam es dann tatsächlich zur Explosion.

Ohne sich viel um die Wirkung seiner Worte auf das sorgfältig konstruierte und zerbrechliche Gebäude des Familienlebens zu kümmern, begann Hashim, hektisch zu plappern und einen endlosen

Strom gräßlicher Wahrheiten von sich zu geben. Entsetzt und schweigend hörten die Kinder zu, wie der Vater die eigene Frau beschimpfte und ihr offenbarte, daß seine Ehe seit vielen Jahren schon die schlimmste aller Qualen für ihn gewesen sei. »Endlich Schluß mit der Höflichkeit!« donnerte er. »Endlich Schluß mit der Heuchelei!«

Anschließend und im selben Geiste klärte er seine Familie über die Existenz einer Geliebten auf und setzte sie von seinen regelmäßigen Besuchen bei bezahlten Weibern in Kenntnis. Seiner Frau sagte er, daß sie weit davon entfernt sei, in seinem Testament die Haupterbin zu sein, sie werde nicht mehr als jenes Achtel seiner Hinterlassenschaft erhalten, das ihr nach islamischem Recht zustehe. Gleich darauf fiel er über seine Kinder her, warf Atta vor, keinerlei akademische Fähigkeiten zu besitzen – »Ein Dummkopf! Ich bin mit einem verdammten Dummkopf geschlagen!« –, und beschuldigte seine Tochter der Laszivität, weil sie mit unverhülltem Gesicht in der Stadt herumlaufe, was sich für ein braves Moslemmädchen nicht schicke. Von nun an, befahl er, werde sie im *purdah* leben.

Hashim verließ den Tisch, ohne etwas gegessen zu haben, und sank in den tiefen Schlaf eines Menschen, der sich eine Menge Dinge vom Herzen geredet hat. Die Kinder blieben völlig benommen und in Tränen aufgelöst zurück, während auf der Anrichte unter den erwartungsvollen Blicken des Dieners das Abendessen kalt wurde.

Um fünf Uhr am nächsten Morgen zwang der Geldverleiher seine Familie, das Bett zu verlassen, sich zu waschen und die Gebete zu sprechen. Von da an begann er zum erstenmal in seinem Leben, fünfmal am Tag zu beten, so daß seine Frau und seine Kinder gezwungen waren, es ihm gleichzutun.

Noch vor dem Frühstück sah Huma, wie die Dienstboten unter der Anleitung ihres Vaters im Garten einen riesigen Scheiterhaufen aus Büchern errichteten und ihn in Brand setzten. Das einzige Buch, das der Vernichtung entging, war der Koran, den Hashim in ein Seidentuch wickelte und in der Diele auf einen Tisch legte. Auf seinen Befehl mußte von nun an jedes Familienmitglied mindestens zwei Stunden pro Tag Passagen aus diesem Buch lesen. Kinobesuche waren von nun an untersagt. Und wenn Atta seine Freunde ins Haus einlud, mußte Huma sich in ihr Zimmer zurückziehen.

Längst befand sich die Familie in einem Zustand des Schreckens und der Bestürzung; aber es sollte noch schlimmer kommen.

Am selben Nachmittag erschien ein angstbebender Schuldner vor der Haustür, um zu bekennen, daß er die fällige Zinsrate nicht zu zahlen vermochte. Er beging dabei den Fehler, Hashim auf eine eher hochfahrende Art daran zu erinnern, wie scharf der Koran den Zinswucher verurteile. Der Geldverleiher geriet außer sich vor Zorn und bear-

beitete den Mann mit einer Lederpeitsche aus seiner großen Sammlung.
Unglücklicherweise kam zufällig am selben Tag ein zweiter säumiger Zahler und bat um Aufschub; dieser wurde gesehen, wie er mit einer tiefen Schnittwunde am Arm aus Hashims Studierzimmer floh. Humas Vater hatte ihn beschuldigt, anderen Menschen das Geld zu stehlen, und dem Unglücklichen mit einem der achtunddreißig *kukri*-Messer, die an der Wand seines Studierzimmers hingen, die rechte Hand abhacken wollen.

Dieser Bruch der ungeschriebenen Anstandsgesetze der Familie beunruhigte Atta und Huma sehr. Als ihre Mutter an jenem Abend versuchte, Hashim zu beschwichtigen, schlug er sie mit der flachen Hand ins Gesicht und ging auch sofort wutschnaubend auf Atta los, der seiner Mutter zu Hilfe kam.
»Von heute an«, brüllte Hashim, »werde ich hier für Disziplin sorgen!«

Die Frau des Geldverleihers erlitt einen hysterischen Anfall, der sich über die ganze Nacht und den folgenden Tag hinzog und ihren Ehemann so provozierte, daß er ihr mit der Scheidung drohte, woraufhin sie in ihr Zimmer lief, die Tür verriegelte und sich in einen Weinkrampf flüchtete. Nun war es an Huma, die Selbstbeherrschung zu verlieren. Sie beschimpfte ihren Vater, ohne ein Blatt vor den Mund zu nehmen, und verkündete (auf-

grund jenes Unabhängigkeitswillens, den er ihr selbst anerzogen hatte), daß sie nie, niemals einen Schleier vor dem Gesicht tragen werde, denn das sei, von allem anderen abgesehen, schlecht für die Augen.
Als er dies hörte, enterbte der Vater sie auf der Stelle und gab ihr eine Woche Zeit, ihre Siebensachen zusammenzupacken und sein Haus zu verlassen.

Am vierten Tag war die Luft im Haus so dick geworden, daß es schwerfiel, sich in ihr zu bewegen. Atta sagte zu seiner vor Schreck benommenen Schwester: »Wir sinken bis in die tiefste Gosse – aber ich weiß, was wir tun müssen.«
An diesem Nachmittag verließ Hashim das Haus in Begleitung von zwei bezahlten Schlägern, um von den beiden säumigen Klienten die Zinsschulden einzutreiben. Stehenden Fußes eilte Atta ins Studierzimmer seines Vaters. Als Sohn und Erbe besaß er einen eigenen Schlüssel für den Safe des Geldverleihers. Diesen benutzte er, um die kleine Phiole aus ihrem Versteck zu holen; dann steckte er sie in die Hosentasche und verschloß die Tür des Safes.
Nun erzählte er Huma von dem Geheimnis des Fundstücks, das sein Vater aus dem Dal-See gefischt hatte, und rief: »Vielleicht bin ich verrückt – vielleicht haben mir die schlimmen Dinge, die gegenwärtig geschehen, tatsächlich den Verstand geraubt –, aber ich bin überzeugt, daß es in diesem

Haus keinen Frieden geben wird, bis dieses Haar daraus verschwunden ist.«
Als seine Schwester ihm spontan zustimmte, daß das Haar zurückgegeben werden müsse, machte sich Atta mit einer Miet-*shikara* zur Moschee von Hazratbal auf. Erst als das Boot ihn am Rand der heftig erregten Menschenmenge absetzte, die sich um das entweihte Heiligtum drängte, entdeckte Atta, daß die Reliquie nicht mehr in seiner Hosentasche steckte. Statt der Phiole fand er nur ein Loch, das seiner Mutter, sonst in Haushaltsdingen immer so gewissenhaft, in der Aufregung über die jüngsten Ereignisse entgangen sein mußte.
Attas anfängliche Enttäuschung wich bald einem Gefühl tiefster Erleichterung.
Angenommen, stellte er sich vor, ich hätte den Mullahs bereits erklärt, daß sich das Haar in meinem Besitz befindet. Die würden mir doch jetzt nie mehr glauben – und dieser Mob würde mich sofort lynchen. Wie dem auch sei, es ist verschwunden, und mir ist eine Last von der Seele genommen.
Zufriedener, als er es seit Tagen gewesen war, kehrte der junge Mann nach Hause zurück.

Dort fand er seine Schwester zerschlagen und weinend in der Halle; oben jammerte die Mutter in ihrem Schlafzimmer, als wäre sie gerade Witwe geworden. Er bat Huma, ihm zu erzählen, was sich zugetragen hatte, und als sie antwortete, der Vater habe es, als er von seinem brutalen Geschäftsgang zurückgekehrt war, abermals zwischen

Boot und Anlegesteg silbern glitzern sehen, habe die Reliquie abermals herausgefischt und anschließend in einem Tobsuchtsanfall die Wahrheit aus ihr herausgeprügelt – da barg Atta das Gesicht in beiden Händen und verkündete schluchzend, er sei überzeugt, das Haar verfolge sie, um sie zu bestrafen, und sei zurückgekehrt, um das Werk zu vollenden.

Nun war es an Huma, einen Ausweg aus dem Dilemma zu ersinnen.

Mit grün und blau geschlagenen Armen und dikken Blutergüssen auf der Stirn umarmte sie den Bruder und flüsterte ihm zu, sie sei entschlossen, sich dieses Haares zu entledigen, *koste es, was es wolle* – diesen letzten Satz wiederholte sie mehrmals.

»Das Haar«, erklärte sie sodann, »wurde aus der Moschee gestohlen, also kann es auch aus diesem Haus gestohlen werden. Aber es muß ein echter Einbruch sein, ausgeführt von einem erfahrenen Dieb, nicht etwa von uns, die wir unter dem Fluch des Haares stehen – von einem Dieb, der so verwegen ist, daß er weder eine Verhaftung noch die Verdammnis fürchtet!«

Leider, setzte sie hinzu, werde der Diebstahl jetzt zehnmal so schwer sein, nachdem der Vater gemerkt habe, daß schon einmal ein Versuch unternommen worden war, ihm die Reliquie zu entwenden, und er dementsprechend vorsichtiger geworden sei.

»Werden Sie es schaffen?«

In dem nur von einer Kerze und einer Sturmlaterne beleuchteten Gelaß beendete Huma ihren Bericht mit einer letzten Frage: »Welche Garantien können Sie mir geben, daß dieser Auftrag Sie nicht doch noch abschrecken wird?«

Der Verbrecher spie aus und erklärte, es sei nicht seine Gewohnheit, Referenzen anzugeben wie ein Koch oder ein Gärtner, aber er lasse sich nicht so leicht einschüchtern, ganz gewiß nicht durch einen Kinderschreck von einem Fluch. Mit dieser Prahlerei mußte sich Huma zufriedengeben; also beschrieb sie ihm nunmehr die Einzelheiten des geplanten Einbruchs.

»Seit dem mißlungenen Versuch meines Bruders, das Haar in die Moschee zurückzubringen, hat sich mein Vater angewöhnt, seinen kostbaren Schatz unter dem Kopfkissen aufzubewahren, wenn er sich schlafen legt. Aber er schläft immer allein und wälzt sich dabei heftig hin und her. Sie brauchen nur sein Zimmer zu betreten, ohne ihn aufzuwecken, dann wird er sich mit Sicherheit so oft herumgeworfen haben, daß der Diebstahl selbst kein Problem mehr darstellt. Sobald Sie die Phiole haben, kommen Sie zu mir ins Zimmer« – hier überreichte sie Scheich Sín einen Plan der Villa –, »und ich werde Ihnen sämtlichen Schmuck aushändigen, der mir und meiner Mutter gehört. Sie werden feststellen … daß er sehr wertvoll ist … das heißt, Sie werden ein Vermögen dafür bekommen …«

Es war nicht zu übersehen, daß ihre Selbstbeherrschung nachließ und sie sich am Rand eines physischen Zusammenbruchs bewegte.
»Heute nacht«, stieß sie schließlich hervor. »Sie müssen unbedingt noch heute nacht kommen!«
Sie hatte den Raum kaum verlassen, da wurde der Körper des alten Verbrechers von einem Hustenanfall geschüttelt; er spuckte Blut in eine alte *vanaspati*-Dose. Der große Scheich, der König der Diebe, war ein sehr kranker Mann, und mit jedem Tag rückte der Zeitpunkt näher, da ihm irgendein junger Bewerber um den Thron einen Dolch ins Gedärm stoßen würde. Seine lebenslange Spielleidenschaft hatte ihn inzwischen wieder fast so arm werden lassen, wie er es damals, vor Jahrzehnten, gewesen war, als er, ein kleiner Taschendieblehrling, in dieser Branche begonnen hatte. Deshalb sah er in dem außergewöhnlichen Auftrag der Tochter des Geldverleihers seine letzte Chance, auf einen Schlag genügend Reichtum zu erlangen, um das Tal endgültig zu verlassen und sich den Luxus eines ehrenwerten Todes zu gönnen, bei dem sein Gedärm intakt bleiben würde.

Was nun das Haar des Propheten betraf, so hatten weder er noch seine blinde Frau je viel für Propheten übrig gehabt – das war etwas, das sie mit der vom Donner gerührten Familie des Geldverleihers gemeinsam hatten.
Es wäre jedoch sinnlos gewesen, seinen vier Söhnen die Umstände dieses seines letzten Verbre-

chens zu verraten. Zu seiner Bestürzung waren sie alle zu hoffnungslos frommen Männern herangewachsen, die sogar davon sprachen, eines Tages nach Mekka zu pilgern. »Absurd!« lachte ihr Vater sie jedesmal aus. »Erzählt mir mal, wie ihr das anstellen wollt!« Denn mit der unbedingten Liebe eines Vaters hatte er sichergestellt, daß sie allesamt mit einer ihr Leben lang niemals versiegenden Quelle hohen Einkommens versorgt waren, indem er sie gleich nach der Geburt zu Krüppeln machte, damit sie, wenn sie sich in der Stadt umherschleppten, besonders gute Einkünfte im Bettelgeschäft erzielten.

Die Kinder konnten also für sich selber sorgen.

Er und seine Frau aber würden sich binnen kurzem mit den Schmuckschatullen der Frauen aus dem Geldverleiherhaus davonmachen. Das Glück, das dieses schöne, geschundene Mädchen in seinen Schlupfwinkel geführt hatte, war wirklich zur rechten Zeit gekommen.

In dieser Nacht lag die große Villa am Seeufer, die Mauern von Stille umhüllt, wie schlafend da. Es war eine Nacht für Einbrecher: Wolken am Himmel und Nebelschwaden über dem Winterwasser. Hashim, der Geldverleiher, schlief; er war der einzige der Familie, der in jener Nacht Schlaf fand. Nicht weit entfernt lag sein Sohn Atta, in dessen Gehirn sich ein Blutgerinnsel bildete, in den Fängen des Komas, behütet von seiner Mutter, die ihr langes graues Haar offen trug, um ihren Kummer

zu zeigen. Mit dem Ausdruck lähmender Hilflosigkeit legte sie ihm warme Kompressen auf die Stirn. In einem anderen Schlafzimmer wartete Huma, voll angekleidet, inmitten der juwelenschweren Schatullen ihrer Verzweiflung.
Schließlich sang im Garten unter ihrem Fenster leise ein Bulbul, und sie schlich lautlos hinunter, um dem Galgenvogel, dessen Gesicht von einer Narbe in Form des Neschi-Schriftzeichens *sín* gezeichnet war, die Haustür zu öffnen.

Geräuschlos schwebte dieser Vogel hinter ihr die Treppe empor. Am Ende der Treppe trennten sie sich und gingen auf dem Korridor ihrer Verschwörung in entgegengesetzter Richtung weiter, ohne einander auch nur anzusehen.
Als Sín, der Einbrecher, mit professioneller Geschicklichkeit in das Schlafzimmer des Geldverleihers eindrang, sah er, daß Humas Voraussage hundertprozentig zutraf. Hashim lag schräg auf seinem Bett ausgestreckt, ohne daß sein Kopf das Kissen berührte, so daß die Beute mühelos zugänglich war. Schritt um lautlosen Schritt näherte sich Sín dem Ziel.
In diesem Moment geschah es, daß sich der junge Atta zum Entsetzen seiner Mutter im benachbarten Schlafzimmer senkrecht aufrichtete und ohne Vorwarnung – ausgelöst durch Gott weiß welchen Druck des Blutgerinnsels auf sein Gehirn – aus vollem Hals zu schreien begann: »Diebe! Diebe! Diebe!«

Es klingt wahrscheinlich, daß Attas armer Verstand in diesen letzten Augenblicken bei seinem Vater weilte; aber es ist unmöglich, darüber Gewißheit zu erhalten, denn nachdem er diese drei seherischen Ausrufe hervorgestoßen hatte, fiel er in seine Kissen zurück und starb.

Sofort brach seine Mutter in Jammern und Klagen, Heulen und Schreien aus, so ohrenbetäubend, daß sie damit das Werk vollendete, das Atta mit seinem Aufschrei begonnen hatte – ihre Stimme durchdrang nämlich die Wände zum Schlafzimmer ihres Mannes und ließ Hashim hellwach aufschrecken.

Scheich Sín wollte sich gerade entscheiden, ob er sich unters Bett werfen oder dem Geldverleiher den Schädel einschlagen solle, als Hashim nach dem getigerten Stockdegen griff, der stets in einer Ecke neben dem Bett lehnte, und zum Zimmer hinausstürzte, ohne des Einbrechers zu achten, der im Dunkeln auf der entgegengesetzten Seite des Bettes stand. Rasch bückte sich Sín und holte die Phiole mit dem Haar des Propheten aus ihrem Versteck.

Inzwischen war Hashim in den Korridor gestürmt und hatte den Degen aus dem Stock gezogen. Mit der Rechten hielt er die Waffe hoch und schwenkte sie drohend, mit der Linken schüttelte er den Stock. Als nun im Mitternachtsdunkel des Flurs plötzlich ein Schatten auf ihn zugelaufen kam, stieß ihm der Geldverleiher in seinem Wahnsinnszorn den Degen mitten ins Herz. Nachdem er das Licht aufgedreht hatte, mußte er feststellen, daß er seine eigene Tochter ermordet hatte, und dieser unglückselige Zufall überwältigte ihn mit so entsetzlicher Reue, daß er den Degen gegen sich selbst richtete, sich hineinstürzte und so seinem Leben ein Ende bereitete. Seine Frau, das einzig überlebende Mitglied der Familie, wurde beim Anblick dieses allgemeinen Blutbads wahnsinnig und mußte später von ihrem Bruder, dem Vizepräsidenten der Polizei, ins Irrenhaus eingewiesen werden.

Scheich Sín hatte sehr schnell begriffen, daß der Plan fehlgeschlagen war. Obwohl ihn nur noch wenige Schritte von der Erfüllung des Traums von den Schmuckschatullen trennten, verzichtete er auf ihn, kletterte aus Hashims Fenster und machte sich, während die oben beschriebenen Schrekkensereignisse ihren Lauf nahmen, auf die Sokken. Als er vor Tagesanbruch wieder zu Hause war, weckte er seine Frau und gestand ihr seinen Mißerfolg. Er müsse, flüsterte er ihr zu, für eine Weile untertauchen. Erst als er verschwunden war, öffnete sie die blinden Augen.

Der Lärm im Hause Hashim hatte die Dienstboten aufgeschreckt und sogar den Nachtwächter geweckt, der wie üblich neben dem Straßentor fest auf seinem *charpoy* schlief. Sie alarmierten die Polizei, und diese wiederum ihren Vizepräsidenten. Als er von Humas Tod erfuhr, öffnete und las der

trauernde Beamte den Brief, den seine Nichte bei ihm hinterlegt hatte, und führte sofort ein starkes Aufgebot an bewaffneten Polizisten in die alles Licht verschluckenden Gassen des elendsten und verrufensten Viertels der Stadt.
Die Zunge eines mißgünstigen Einsteigdiebs verriet Humas Onkel den Namen ihres Mitverschwörers; der Finger eines ehrgeizigen Bankräubers deutete auf das Haus, in dem er sich versteckt hatte; und obwohl es Sín gelang, durch eine Firstluke zu klettern und über die Dächer der Häuser zu flüchten, zerfetzte eine Kugel – sie kam aus dem Gewehr des Vizepräsidenten persönlich – sein Gedärm, so daß er blutend vor den Füßen von Humas zornigem Onkel zu Boden schlug.
Aus der Tasche des toten Einbrechers rollte eine in Silberfiligran gefaßte Phiole aus farbigem Glas.

Die Tatsache, daß das Haar des Propheten wiedergefunden war, wurde sogleich im Radio All-India verkündet. Einen Monat darauf versammelten sich die heiligsten Männer des ganzen Tals in der Moschee von Hazratbal und bestätigten in aller Form die Echtheit der Reliquie. Sie ruht bis heute in einem schwer bewachten Gewölbe am Ufer des allerschönsten Sees im Herzen jenes Tals, das dem Paradies einstmals weit näher gewesen war als jeder andere Ort auf Erden.

Bevor unsere Geschichte jedoch endgültig abgeschlossen werden kann, muß noch folgendes berichtet werden: Als die vier Söhne des Scheichs am Morgen nach seinem Tod, nachdem sie unwissentlich wenige Minuten unter einem Dach mit diesem berühmten Haar geweilt hatten, erwachten, mußten sie feststellen, daß ein Wunder geschehen war, denn sie waren alle vier an ihren Gliedern gesundet und an der Lunge erstarkt – so vollkommen, wie sie es gewesen wären, hätte der Vater ihnen nicht in den ersten Lebensstunden vorsorglich die Beine gebrochen. Allerdings gerieten sie darüber fast außer sich vor Wut, denn das Wunder hatte ihre Verdienstaussichten, vorsichtig geschätzt, um fünfundsiebzig Prozent verringert, und nun waren sie alle vier ruiniert.

Nur die Witwe des Scheichs hatte einigen Grund, dankbar zu sein. Auch wenn ihr Mann tot war, so hatte sie selbst das Augenlicht wiedererlangt und konnte für den Rest ihrer Tage wieder die ganze Schönheit des Tals von Kaschmir bewundern.

Westen

Yorick

Dem Himmel sei Dank! – oder dem Fleiß uralter Papiermacher – für die irdische Existenz jenes Materials, das man im Englischen *strong vellum* nennt; welches wie die Erde, auf der es meiner Vorstellung nach existiert (obwohl seine Kontakte mit *terra firma* tatsächlich überaus selten sein dürften, da sein natürliches Habitat Regale sind, aus Holz oder nicht aus Holz, manche verstaubt, andere in exzellentem Zustand; oder Briefkästen, Schreibtischschubladen, alte Truhen, die geheimsten Taschen Jungverliebter, Läden, Akten, Dachböden, Keller, Museen, Karteikästen, Anwaltskanzleien, Wände in Arztpraxen, das Strandhaus Ihrer Lieblingsgroßtante, Requisitenräume, Märchen, Gipfelkonferenzen, Touristenfallen), welches also wie die Erde, wiederhole ich für den Fall, daß Sie den Faden verloren haben, überaus haltbar ist – wenn nicht ewig, so doch wenigstens, bis der Mensch es bewußt vernichtet, sei es, indem er es zerknüllt, mit Hilfe einer Küchenschere oder kräftiger Zähne zerfetzt, in Brand setzt oder zu hygienischen Zwecken verwendet, denn es ist eine Tatsache, daß es den Menschen eine ebenso große Freude bereitet, den Boden zu zerstören, auf dem sie stehen, solange sie leben, wie auch das Material (ich meine Papier), auf dem sie möglicherweise verewigt bleiben, sobald sich dieser Boden über ihrem Kopf befindet statt unter ihren Füßen, ganz abgesehen davon, daß die komplette Aufzählung derartiger Vernichtungsstrategien mehr Seiten füllen würde, als mir zustehen ... also, zum Teufel mit dieser Liste und weiter mit meiner Erzählung; die, wie ich sagen wollte, die Geschichte eines einzigen Blattes Pergament ist – sowohl die Geschichte des Pergaments selbst als auch die Geschichte, die darauf niedergeschrieben ist.

Es ist natürlich die Yorick-Saga; derselbe Bericht aus alten Tagen, welcher vor nahezu zweihundertfünfunddreißig Jahren einem gewissen – nein, einem höchst ungewissen – Tristram in die Hände fiel (der, obwohl Yseult-los, weder trist war noch ein Rambo, sondern ein ungestümer, oberflächlicher Shandy von einem Kerl) und welcher nunmehr in meinen Besitz gelangt ist, und zwar durch Umstände, die zu geheim sind, um sie dem wißbegierigen Leser vorzuenthalten. Wahrlich eine velluminöse Geschichte, die nicht nur abzukürzen ich mir vorgenommen habe, sondern darüber hinaus zu explizieren, annotieren, interpunktieren, palatinieren & permanganatieren, denn es handelt sich um eine Erzählung, die dem Gelehrten, der solch feinsinnige Technologien anzuwenden versteht, reichen Lohn einträgt. Staubgesichtig und tintenfingrig warten hier auf den Leser wunderschöne junge Ehefrauen, alte Toren, Hahnreitum, Eifersucht, Mord, Saft des verfluchten Bilsenkrauts, Exekutionen, Totenschädel; sowie eine ausführliche Erklärung dafür, warum der morbide Prinz in William Shakespeares »Hamlet« den Namen des eigenen Vaters nicht zu kennen scheint.

Also beginnen wir: Wie es scheint, geschah es während der letzten Regierungsjahre des ruhmreichen Königs Horwendillus von Dänemark, daß dessen Obernarr, ein gewisser Magister Yorick, eine hübsche, goldhaarige Waise namens Ophelia zum Weibe nahm. Und damit begannen die Probleme ... Was denn? Jetzt schon eine Unterbrechung? Hab' ich Ihnen denn nicht gesagt, nicht erst vor einem Augenblick erklärt, daß der berühmte Hamlet, das heißt Amlethus von Dänemark, ganz und gar fehlgeht in der Annahme, der Geist heiße ebenfalls Hamlet? Ein Irrtum, der nicht nur ungewöhnlich, sondern auch unsöhnlich ist, nicht nur respektlos gegen den eigenen Vater also, sondern, wie man es ausdrücken könnte, schlicht und einfach *unsaxogrammatisch,* denn dieser Auffassung wird von keiner geringeren Autorität widersprochen als der »Geschichte Dänemarks« des Saxo Grammaticus. – Doch wenn Sie nun stillschweigen und mir endlich zuhören wür-

den, wüßten Sie bald, daß dies keineswegs ein Irrtum war, sondern der geheime Schlüssel, mit dem die wahre Bedeutung unserer Geschichte im Handumdrehen dechiffriert werden kann.
Ich wiederhole: Horwendillus. Horwendillus Rex … Noch mehr Fragen? Natürlich hatte der Hofnarr eine Frau, Sir; sie mag in dem Stück des großen Dichters nicht vorkommen, aber Sie müssen doch zugestehen, daß die Ehefrau eine unabdingbare Einrichtung ist, wenn ein Mann eine Dynastie gründen will, wie denn sonst – beantworten Sie mir das! – könnte der Narr von Anno Tobak diese Linie begründet haben, diesen veritablen »Monolog der Yoricks«, in dem der Hilfsgeistliche für den so unglücklich benamsten Tristram nur eine einzige, kleine Silbe zur Verfügung hatte? Na also! Ich glaube, man braucht kein uraltes Pergament, um einzusehen, daß *dies* zutrifft. – Ihr Name? Großer Gott, Sir, da müssen Sie sich auf mein Wort verlassen. Wo sehen Sie da ein Rätsel? Glauben Sie etwa, daß dieses »Ophelia« ein so außergewöhnlicher Name war in einem Land, wo Männer Amlethus, Horwend etc., jawohl, und Yorick hießen? Also, fahren wir fort!
Yorick heiratete Ophelia. Sie hatten ein Kind. Darüber wollen wir uns nicht weiter streiten.

Was nun diese Ophelia betrifft: Sie war nicht einmal halb so alt wie er, sah aber mindestens doppelt so gut aus, daher fällt auf den ersten Blick ins Auge, daß alles, was folgt, auf Division und Multiplikation

zurückzuführen sein dürfte. Summa summarum eine arithmetische Tragödie. Eine todernste Geschichte, die als Grabrede taugen würde.
Wie ging es zu, daß dieser alte, winterkalte Narr eine so frühlingsjunge Braut erlangen konnte? Hier bläst ein stinkender Wind durch das alte Pergament. Ophelias Atem. Der übelriechendste Brodem im Staate Dänemark; ein lauwarmer Pesthauch von Rattenlebern, Krötenpisse, hautgoutbehafteten Wildvögeln, faulenden Zähnen, Gangrän, durchbohrten Leichen, brennendem Hexenfleisch, Kloaken, Politikergewissen, Skunklöchern, Gruften und sämtlichen Beelzebubkesseln der Hölle. So daß sich jedesmal, wenn diese jugendliche Schönheit, deren zarte, perfekte Züge den Männern die Augen übergehen ließen, auch nur ansetzte, den Mund zu öffnen – nun ja, rings um sie herum eine gähnende Menschenleere von mindestens hundert Fuß Durchmesser ausbreitete.
Yoricks Pfad zur Ehe lag also frei und offen da, und ein armer Narr muß eben jede Frau nehmen, die er kriegen kann.
Er warb um sie mit Holzpfropfen in den Nasenlöchern. Am Hochzeitstag der beiden überreichte der König, der Yorick liebte, seinem Hofnarren ein höchst aufmerksames Geschenk: ein Paar silberne Nasenstöpsel. Und so geschah es; zuerst gepfropft und dann gestöpselt, sah unser verliebter Narr wahrhaftig nach dem aus, was er war.
Das also wäre jetzt geklärt.

[Auftritt der junge Prinz Amlethus mit einer Reitpeitsche.]

Die Szene ist ein ärmliches Schlafgemach in Helsingör. Yorick und sein Weib liegen fest schlafend auf ihrer Bettstatt. Unordentlich auf einen nahen Stuhl geworfen: Kappe, Schellen, Narrenkleid etc. Irgendwo ein schlafender Säugling. Nun stelle man sich den Knaben Hamlet vor, wie er auf Zehenspitzen zum Bett schleicht, wo er sich mit gespannten Muskeln duckt, bis er endlich losspringt! Und nun:

Yor. (erwachend) Oh! Ah! Was für ein Hurensohn Pelions ist es, der, vom Ossa herabstürzend, mein Rückgrat zerbricht?

Ich muß mich unterbrechen, denn mir fällt da ein Mißton auf: Würde ein Mann, der aus dem tiefsten Schlummer aufschreckt, weil ihm ein siebenjähriges Prinzlein auf den Rücken springt, tatsächlich seine Metaphern und klassischen Anspielungen so perfekt beherrschen, wie es der Text vermuten läßt? Möglicherweise kann man sich in dieser Beziehung doch nicht so ganz auf das Pergament verlassen; aber vielleicht waren Dänemarks Hofnarren ja ganz außerordentlich gebildet. Es gibt Dinge, die wir niemals erfahren werden …

(Revenons à nos moutons.)

Ham. Yorick, der Tag ist erwacht! Begrüßen wir die Morgenröte mit einem Lied!

Oph. (beiseite) Mein Gatte kann diesen Prinzen

nicht leiden; ein verwöhntes Balg, geschlagen mit Schlaflosigkeit, einer Heimsuchung, die er an uns weitergibt. Und so werden wir jeden Morgen wach, weil königliche Fäuste uns an den Haaren zerren oder Thronfolgerarschbacken auf unserem Hals herumhopsen. Wenn das mein Sohn wäre ... Einen guten Morgen, mein schöner Prinz!

Ham. Er ist gut, Ophelia. Ein Morgenlied, Yorick, nun komm schon!

Yor. Das überlaß ich den Vögeln, die tun das ohnedies. Ich bleibe lieber in den Federn, ehrlich. Das Alter hat mich mit Krähenfüßen geschlagen oder mich zur Nachteule gemacht. Ich singe nicht mehr, sondern krähe oder eulheule auf eine höchst unschöne Art.

Ham. Still! Nichts mehr davon! Dein Prinz verlangt ein Lied.

Yor. Hört mich zu Ende! Das Alter, Hamlet, ist eine untergehende Sonne, und es wäre nicht recht, wenn ich in meinen okzidentalen Jahren den orientalen Tag besinge.

Ham. Kein Wort mehr! Auf, auf! Singen! Ich werde auf deinem Rücken reiten und zuhören, wie du quirilierst.

Oph. (beiseite) Mit sieben hartnäckig wie »Der alte Mann und das Meer«; wer weiß, wie kommt er mit siebenundzwanzig daher?

Yor. (singt) Als ich noch jung war und liebte, ja liebte/ Fand ich es süß, unendlich süüß/ Oh, die Zeit zu nutzen, für mich allein./ Und hatte keine Bedenken dabei./ Doch dann kam das Alter auf heimlichen Sohlen/ Und hat mir meine Liebe gestohlen …

Ham. Halt ein, Yorick, mit diesem üblen Gejaule! Schweig unverzüglich still!

Yor. Hab ich es Euch nicht gleich gesagt?

Ham. Genug! Erzähl mir einen Witz, ein Rätsel! O ja, über eine Katze, die genau so ein Katzengeschrei anstimmt, wie du es soeben weit übertroffen hast.

Yor. (beiseite) Jetzt muß ich büßen, um ihm zu Willen zu sein. (Laut) Es steckt noch Leben in dem alten Hund, den Ihr reitet; also sagt mir, Hamlet, warum haben Katzen neun Leben?

Ham. Ich weiß es nicht, aber warum sie neun Schwänze haben, das weiß ich sehr wohl, und du wirst es bald genug zu spüren bekommen, wenn dieses Rätsel langweilig ist.

Oph. (beiseite) Dieser Prinz ist so scharf wie seine Zunge; und der arme Yorick wird mit jedem Tag stumpfer.

Yor. Dann hört die Lösung! Alle Katzen sehen die Könige an, wer aber einen Monarchen ansieht, der gibt sein Leben in dessen Hand; und ein Leben rinnt in solchen Händen nicht selten durch die Finger und vergeht. Und nun, Hamlet, zählt die Zwischenräume an Euren Händen, ich meine, zwischen Finger und Finger, und Finger und Finger, und Finger und Finger, und Finger und Daumen. An beiden Händen zählt Ihr acht Kluften, durch die ein Leben fallen kann. Nur neun Leben garantieren, daß wenigstens eins übrigbleibt. Und deswegen muß unsere Katze, die einen König ansieht, neun Leben haben.

Oph. Gut ausgedacht, mein Gatte!

Ham. Und nun ein Tanz! Vergiß dein Narrenamt und laß uns eine fröhliche Gigue tanzen!

Yor. Während Ihr mir auf dem Rücken hockt?

Ham. Aber ja; um mir auszudenken, was ich anschließend möchte.

Yor. (beiseite, während er tanzt) Prinz Hamlet, Ihr könnt keine Wünsche mehr haben, aber Yorick findet, daß Ihr zu wünschen übrig laßt.

All das gesprochen mit Filigranstöpseln sowohl in den prinzlichen wie auch in den närrischen Nasenlöchern! Der weinende Säugling in der Wiege beschwert sich nicht weniger über seinen verstopften Rüssel als über das Geräusch von Hamlets Peitsche, die durch die Luft pfeift und saust, um sein tanzendes, zweibeiniges Reittier anzuspornen. – Was soll man von einem so rasenden Prinzen halten? Fest steht, daß er Ophelia haßte. Aber weswegen? Wegen ihrer pestilenzartigen Ausdünstungen? Ihrer Gewalt über den Narren, der jede einzelne Wimper an ihr anbetete? Oder waren es die schwellenden Knospen unter ihrem Hemd, ihr Körper, über den er nicht befehligen konnte? Mit seinen sieben Jahren findet Prinz Amlethus an dieser jungen Frau irgend etwas beunruhigend, vermag es aber nicht zu benennen. Also verwandelt sich kindlicher Eifer in Haß.

Möglicherweise alle drei Gründe zusammen: ihr

Gestank; und die Tatsache, daß sie Yoricks Herz gestohlen hat, denn wie jeder Narr weiß, gehört das Herz eines Narren seinem Prinzen (wer anders als ein Narr würde sein Herz einem Prinzen schenken?); und, o ja, natürlich, auch ihre Schönheit. Wir brauchen uns wirklich nicht zu entscheiden. Seien wir doch unersättlich in unserem Verständnis: Schlucken wir diese Dreieinheit einfach ganz!

Wir wollen Hamlet nicht allzu hart verurteilen. Er war ein einsamer Knabe, der in Yorick einen Vater wie auch einen Diener sah, genauer: den perfekten Vater, denn jeder Sohn macht seinen Vater zum Sklaven. In Yorick, dem singenden, witzelnden, tanzenden Narren, sieht der bleiche Prinz den gezähmten Horwendillus. Er war ein Muttersöhnchen.

An dieser Stelle beginnt das Pergament – ich sollte sagen, die Tinte auf demselben oder, exakter ausgedrückt, die Hand, welche die Feder hielt (aber die Faust ist lange tot, und von Dahingeschiedenen soll man nicht schlecht sprechen) –, oh, **********!, sagen wir einfach, an dieser Stelle wird der Text weitschweifig und zählt bis in grausige Einzelheiten alle Untaten des Prinzen gegen den Hofnarren auf: jeden Abdruck des königlichen Stiefels auf seinem Hinterteil, mitsamt eingehender Aufzählung von Ursache, Wirkung, Örtlichkeit, Kleidung, zufallsbedingten Umständen (Regen, Sonne, Donner, Hagel und andere Natur-

gewalten oder etwa die Abwesenheit von Hamlets Mutter, zurückzuführen auf die Tyrannei der natürlichen Funktionen, der sogar Königinnen unterworfen sind), Schilderungen, wie oft der Hofnarr auf den Hosenboden fiel, des Erdklumpens, mit dem seine Nase zusammenstieß, der darauffolgenden Suche nach den verlorengegangenen Nasenpfropfen – mit einem Wort, ein äußerst beklagenswerter Mangel an Kürze, den ich hier unverzüglich beheben werde. Das Argument ist ohnehin schlüssig, finde ich. Es noch weiter auszuführen hieße, es dem Prinzen gleichzutun, der Yorick mit Stöcken, Peitschen und Gott weiß was noch bearbeitete, und es wäre (da wir selbst kein Prinz sind) unbesonnen, unseren verehrten Leser zu behandeln, als sei er ein Narr. (Apropos »kein Prinz sind«: Wieso benutze ich dieses aufdringliche »wir«, diesen Pluralis majestatis, der sich in meine Sätze geschlichen hat? Weg mit ihm! Zurück zu dem normalen – dem *unnormalen,* da zyklopischen – Singular-Ich!)
Eine einzige Episode genügt: Während er auf Yorick ritt, trennte er mit seiner Gerte den fleischigen Vorhang der Wangen des Narren, so daß die knochige Bühne dahinter zum Vorschein kam. Wie es scheint, war er ein sensibler Prinz: Denn während er oben auf den Schultern saß, hob sich bei diesem blutigen Anblick sein Magen. Und, lieber Leser, als er zum erstenmal einen Schädel sah, erbrach sich der Prinz von Dänemark ausgiebig auf Yoricks klingelnde Narrenkappe.

Bis jetzt habe ich mich bemüht, eine einfühlsame Geschichte privater Natur zu erzählen, mit vielen behutsamen psychologischen Andeutungen und umfangreichen materiellen Details; nun aber vermag ich die große Welt nicht mehr aus meinen Zeilen zu verbannen, denn das, was als Tragödie endete, nahm seinen Anfang in der Politik. (Was wohl kaum verwundern dürfte.)
Stellen Sie sich ein Bankett auf der sagenhaften Burg Helsingör vor: Eberköpfe, Schafsaugen, Entenbürzel, Gänsebrüste, Kalbslebern, Kaldaunen, Fischrogen, Wildlenden und Schweinsfüße. (Hier wird die ganze Anatomie auf den Tisch gestellt; würde man die verschiedenen Gerichte zu einem einzigen, eßbaren Tier zusammenfügen, würde ein Ungeheuer dort liegen, seltsamer noch als ein Hippogreif oder ein Ichthyocentaurus.) Heute abend bewirten Horwendillus und seine Gertrude Fortinbras und hoffen, seine Landgier zu beschwichtigen, indem sie die nicht weniger große Expansionsbegeisterung seines Bauches befriedigen, wozu es nicht mehr bedarf als des Mordes an oben genanntem mythischen Ungeheuer – eine weit angenehmere & wahrhaftig geschmackvollere Strategie als ein *Krieg*.
Und ist es nicht denkbar, daß F. beim Anblick des mit den zerlegten Gliedmaßen dieses beängstigend vielgestaltigen und überaus geheimnisvollen Wesens überladenen Tisches vor seinem inneren Auge das ganze, zusammengesetzte Biest erstehen läßt, mit einem Geweih auf dem gigantischen Trut-

hahnkopf und Hufen unter dem unheimlich geschuppten Leib mit den behaarten Flanken, und darauf plötzlich den Appetit auf den Kampf verliert (weil er fürchtet, auf den dänischen Schlachtfeldern einem mächtigen Geschlecht von Jägern gegenüberzustehen, die ein so wildes Ding erlegen) und sogleich auch aufhört, Hunger auf Dänemark zu haben?
Sei's drum. Ich habe mich bei dem Bankett nur aufgehalten, um zu erklären, warum Königin Gertrude, ganz und gar mit Diplomatie sowie mehreren Sorten Fleisch beschäftigt, nicht in der Lage war, hinaufzugehen und ihrem Sohn gute Nacht zu sagen.

Ich müßte Ihnen den schlaflosen Hamlet im Bett zeigen, aber wo gibt es den Menschen, der eine Abwesenheit schildern könnte? – des Schlafes, meine ich, und eines mütterlichen Kusses auf die Wange, denn eine ungeküßte Wange gleicht in allen Einzelheiten einer Wange, für die keinerlei Oskulation zu erhoffen ist. Und ein Knabe, der ausgestreckt auf seiner Bettstatt liegt und unter den Positionswechseln & anderen für die Schlaflosigkeit charakteristischen Unruhezeichen leidet, könnte ohne weiteres für ein Kind gehalten werden, das von einem Floh heimgesucht wird; oder einem Fieber; oder schmollt, weil es vom Tisch der Erwachsenen verbannt wurde; oder in diesem Textilienmeer das Schwimmen übt; oder weiß G... was sonst noch, denn ich weiß es nicht. Doch Abwesen-

heit bewirkt, das ist wohlbekannt, daß sich das Herz noch inniger sehnt; also steht Amlethus auf und schleicht auf Zehenspitzen durch die Korridore, und zwar folgendermaßen (wobei jeder Punkt für die Verbindung einer Zehenspitze mit dem Fußboden steht): ...../ ...../...../...../...../, etc. etc.
... bis er (um ebenso flink zu sein wie er) Gertrudes Gemach erreicht, hineinstürzt und beschließt, sie dort zu erwarten, damit ihm das, was auf seiner Wange fehlt, endlich dargeboten werden kann: ein Lethe-Kuß der Mutter, und er wird endlich schlafen können.
(Wie sich herausstellte, erwies sich das als ein lethaler Plan.)

Und nun möchte ich Ihnen pantomimisch schildern, was darauf folgte (denn ich befürchte, meine magere Zuteilung an Seiten könnte noch vor meiner Erzählung zu Ende sein, weswegen meine handelnden Personen zum Ausgleich für meine anfängliche Weitschweifigkeit gezwungen sein werden, Gebärdensprache, Tableaus und andere das Tempo fördernde Mittel anzuwenden, die dem tragischen Inhalt der Geschichte nicht entsprechen. Aber was hilft's; meine momentane, langatmige Narrheit muß diese Alten zu Narren machen. So macht Hast, uns aufgezwungen durch unser unvermeidliches Ende, Yoricks aus uns allen):
Hamlet entgeistert: Stimmen draußen vor der Tür! Nicht nur die seiner Mutter, sondern auch die

eines stürmischen, berauschten Wüstlings. – Schnell, versteck dich! – Aber wo? – Hinter der Tapete, keine Sekunde verlieren! – Er versteckt sich. (Und so könnte man sagen, daß er sich später im Leben selbst erstochen hat, weil sein Kindes-Ich in der Erinnerung noch immer an diesem Ort verweilte, nur ergraut und in polonialer Gestalt.)

Oh, was er da hört! Diesen grunzenden, röhrenden Mann! Das Quietschen und Schreien seiner Mutter – ah, zerbrechlicher Schrei einer Mutter! – Wer bedroht die Königin? – Tapfer späht der Prinz hinter der Tapete hervor und sieht …

… *seinen Vater,* der sich wie von Sinnen auf die Königin stürzt. Es ist der schweinisch schnobernde Horwendillus, unter dem Königin Gertrude schluchzt und sich windet – und dann still liegt, während ihr Atem in Hamlets Ohren so rauh klingt, als werde ihr die Kehle zugedrückt.

Der Prinz hört den Tod in ihrer Stimme und begreift mit seinem siebenjährigen Scharfsinn, daß der Vater auf Mord aus ist.

Da springt er hervor: »Aufhören! Aufhören, sage ich!«

Der federnde Rücken des Vaters!. Die Mutter hebt die Hand an ihre Kehle und bestätigt damit Hamlets Verdacht, daß ihr Erdrosselung droht. Die Szene ist eindeutig. Ich habe ihr das Leben gerettet, denkt Amlethus voll Stolz. Doch der betrunkene Horwendillus greift sich seinen Sohn & prügelt ihn & peitscht ihn & prügelt ihn abermals. – Eine

seltsame Art des Prügelns, denn er schlägt damit etwas in den Prinzen hinein, während Strafen doch eigentlich dazu dienen, etwas Böses aus einem Menschen herauszuprügeln.
Was wird in ihn hineingeprügelt? Nun ja, natürlich Haß; und abgrundfinstere Racheträume.

Hamlet allein: Doch Monologe will ich mächtigeren Federn überlassen. Mein Pergament schweigt über das, was Hamlet empfand, als er striemenübersät in seinem Gemach eingesperrt war. Auf seine Gedanken sollten Sie aus dem schließen, was er dann tat.
Wenn Sie wollen, können Sie dafürhalten, daß er von etwas verfolgt wurde. Daß ein Horwendillus-Phantom vor seinen Augen wabert und der Königin den Lebenshauch abzudrücken droht. Amlethus' Augen, vor Angst hellsehend, beobachten das fürchterliche Gespenst, wie es Königin Gertrude tausendmal und mehr ermordet, etwa im Bad über sie herfällt, um sie zu erwürgen (während die Seifenblasen auf ihren Lippen ersterben), oder sie vor ihrem Spiegel erdrosselt und sie so zwingt, ihren eigenen Exitus zu beobachten.
Geschätzter Leser, denken Sie an Hamlets Träume, betrachten Sie durch seine Augen Horwendillus, die Chimäre, wie sie die Finger an der Kehle seiner Mutter hat – in den Gärten, den Küchen, den Ballsälen und Treibhäusern; auf Stühlen, Betten, Tischen & Böden; in der Öffentlichkeit und zu Hause, bei Tag und bei Nacht, vor und nach

dem Lunch, während sie singt und während sie schweigt, bekleidet und nackt, im Boot und zu Pferde, auf dem Thron oder auf dem Pißpott –, dann können Sie vielleicht verstehen, warum er, der Prinz, die jüngste »Rettung« seiner Mutter nicht als ein Ende sah, sondern als den Anfang seiner liebevollen Sorge; warum er sich den Kopf zerbrach, wie er seine Ängste endgültig tilgen könne. – Uns so wird daraus ein *Plot* geboren, empfangen von der Notwendigkeit, von einem Haß, dessen Zeugungsorgan die königliche Peitsche war, die auf seinen königlichen Arsch niedersauste und auf diesen Hinterbacken eben dasselbe Yoricken hinterließ, das er so oft den Narren hatte spüren lassen.

Und der Plot konzentriert sich bald auf Yorick; der verbitterte Hamlet wird den Hofnarren als Instrument seiner Rache benutzen.

Nun können Sie sehen, wie zwei Haßgefühle miteinander verschmelzen: Die Wut in Hamlets aufgebrachtem Hirn vereinigt (man möchte fast sagen: vermählt) Ophelia mit dem König. Er sieht, daß sein unerbittlicher Zorn beide Typen gleichzeitig mit *einem* Stein abschießen versteinern kann (denn es ist ein medusischer Zorn, der Yorick-Fleisch in tödlichen Granit zu verwandeln vermag).

Und schließlich hört man den Knaben-Prinzen in seinem Gemach, wie er rundherum & rundherum wandert, während seinen Lippen ein düsteres Rätsel entfleucht:

»Nicht flüssig, nicht fest, nicht gaseos,
Geruchs-, geschmacks- und körperlos,
Dient es zum Guten wie zum Bösen.
Ins Ohr gegossen, kann es töten.«

Also, lieber Leser, ich gratuliere. Denn Ihre Phantasie, deren Ausgeburt all diese finsteren Vermutungen sind (ich habe ja diesen Passus begonnen, indem ich Stillschweigen geschworen habe), erweist sich inzwischen als fruchtbarer und überzeugender als die meine.

Nun ist, wie Sie ganz richtig vermuten, meine Aufgabe eine sehr kurze. Bleibt nur noch, Hamlet und Yorick, der eine, wie es ihre Gewohnheit ist, auf dem Rücken des anderen, auf eine Terrasse unterhalb des Schlosses von Helsingör zu versetzen, wo der junge Prinz Yorick ein so magisches Gift ins Ohr träufelt, daß der Narr närrischen Wahnvorstellungen anheimfällt.
Sie haben alles begriffen. Der Geist von Hamlets lebendem Vater erscheint, um den armen Yorick heimzusuchen; und noch ein zweites untotes Phantom beschwört das Gift herauf: Ophelia, Yoricks Ehefrau, deren Körper sich mit flatternden Gewändern in durchsichtiger, ektoplasmischer Pracht um den des Königs windet.
Was aber war nun das prinzliche Gift?
Lösen Sie nur selbst dieses Rätsel, lieber Leser, dann werden Sie's wissen ... Aber, was soll's, ich werde es für Sie lösen. Es war das WORT!

O du tödlichstes aller Gifte! Da es substanzlos, wenn auch schlangengleich ist, gibt es kein Gegengift. Deutlicher ausgedrückt, überzeugt Hamlet den Hofnarren seines Vaters davon, daß Horwendillus und Ophelia, daß Dame Yorick und der König ... o nein, ich kann die gräßliche Bezeichnung dessen, was getan worden sein soll, nicht aussprechen, da doch in Wahrheit nichts getan wurde. Und vermutlich (hier ist das Pergament verwischt, entweder von uralten Tränen oder einer anderen salzigen Flüssigkeit) hat der grausame Knabe »Beweise« vorgelegt: ein Paar goldene Nasenstöpsel, in ein gefälschtes *billet doux* eingewikkelt? Oder war es ein Taschentuch? Spielt keine Rolle. Der Schaden ist angerichtet, und Yorick ist nun ein vielfacher Narr: Immer schon ein Narr von Beruf, wurde er nun zum doppelten Toren, weil er der Gimpel des Prinzen war sowie (in seinen eigenen Augen, denn so, wie er es sieht, muß er in den Augen des Liebespaares ein Narr sein) auch noch ein Esel, und wegen der Hörner des Hahnreis zwischen seinen Ohren ein offensichtlich überaus närrischer Esel.

Am merkwürdigsten aber ist – und hier liegt der finstere Kern der ganzen Affäre –, daß er, indem er sich tatsächlich zum Narren machen ließ, die Privilegien des professionellen Narren opferte. Ein Hofnarr war eine ganz besondere Art von Spaßmacher, denn sein Narrenkleid gestattete ihm, Weisheiten von sich zu geben und die Menschen darüber lachen zu lassen; die Wahrheit zu sagen, und dennoch den Kopf nicht zu verlieren, weil er dazu seine Narrenschellen ertönen ließ. Jawohl, Hofnarren waren weise, so weise wie Uhren, denn sie wußten, was die Stunde geschlagen hatte. Auf einmal jedoch ging mit diesem uhrenweisen Yorick eine vollkommene Veränderung vor. Vom Prinzen zum Narren gehalten, beginnt er auf einmal den Narren zu spielen – nach allen Regeln der Kunst zu *spielen*, das heißt, zu brüllen, zu toben, in allem Ernst den eifersüchtigen Ehegatten zu mimen.

Was Hamlet natürlich beabsichtigt hatte: den Narren in eine tödliche Narrheit zu treiben. Ich sagte ja, daß er in dem Hofnarren einen zweiten, clownesken Vater sah: Und dieser Ersatzvater wird nun durch vergiftete Worte auf seinen königlichen Herrn losgelassen.

Und nun der Rest: Horwendillus schläft allein in seinem Gethsemane. Auftritt Yorick mit dem Saft verfluchten Bilsenkrauts in einer Phiole. Das Gift, das Hamlet dem Narren ins Ohr träufelte, hat sich, jedenfalls könnte man es so auslegen, in dieses Fläschchen ergossen und wandert nunmehr aus dem Fläschchen in des Königs Ohr. Horwendillus ist also tot, während Ophelia, von Yorick zur Rede gestellt und verstoßen, den Verstand verliert und umnachtet im Palast umherirrt, bis sie vor Kummer stirbt. Und dieser Wahnsinn liefert Claudius den Hinweis, worauf dieser das Verbrechen umgehend aufdeckt, und ab, auf den Richtblock mit unserem Yorick, und das wär's dann.

Hier jedoch gibt es ein Geheimnis, war eine unbekannte Hand am Werk. Denn irgend jemand, den ich nicht nennen kann, holt sich den abgeschlagenen Kopf, und es gelingt ihm, mit allen erforderlichen Bestechungsgeldern und Einflüsterungen, ihn dort begraben zu lassen, wo der Prinz viele Jahre später mit seiner knochig-grinsenden Schuld konfrontiert wird. Und so macht ein gesichtsloser Witzbold, einer, der den witzigen Kopf des Hofnarren liebte, aus seinem abgeschlagenen Kappes eine überaus kapitale (wenn auch unvorhergesehene) Belustigung.

Tamti-tam, tamti-tam und tamti-tamti-tam ... Lieber Leser, die Zeit treibt dahin, und jeder von uns vertreibt sich die Zeit auf seine ganz persönliche Art und Weise, entweder mit Fingertrommeln oder mit Schlafen oder mit Liebeswerben oder mit dem Verzehr ganzer Kränze von Würsten oder wie immer er eben will; ich für meinen Teil summe, und daher tam tam tamti-tam. (Wenn Ihnen die Weise mißfällt, verschwinden Sie und vertreiben Sie sich Ihre Zeit anderswo! Die Freiheit ist ein Spaniel, der, wenn er nicht trainiert wird, schwächlich und schwabbelig wird, also trainieren Sie das Tier, Sir, das ist der ganze Trick.)

Doch wenn wir uns nach vielen Jahren wieder dem Ort unserer Erzählung zuwenden, was sehen wir da?

Nicht Yorick; der ist tot. Aber *Yoricks Geist.* Denn der scheint die Überlebenden heimzusuchen, so daß wir ihn auch Phantomnarren nennen können ...

Ach, lieber Leser, wie vieles ist da schiefgelaufen, in Helsingör!
Gertrude, von ihrem mörderischen Sohn vor ihrem ersten, unmörderischen Ehegatten gerettet, verbrachte, während Claudius herrschte, viele Jahre in Trauer. (Gewiß, in diesem Punkt weicht meine Geschichte von der Master *Chackpaws* ab und ruiniert dadurch mindestens *einen* großen Monolog. Ich kann mich nur so verteidigen: All diese Geschehnisse ruhen unter dem Schleier der Vorzeit und bergen somit keine Gewißheit. Lassen Sie also beide Versionen nebeneinander existieren, denn man braucht sich nicht notwendigerweise für eine zu entscheiden. Oder wie wär's mit der: daß Hamlet damals, als Königin Gertrude schließlich Claudius ehelichte, in seinem verwirrten Geist die dazwischenliegenden Jahre aufgrund dieser Heirat zusammengepreßt sah wie eine Quetschkommode, ineinandergepfercht, komprimiert, so daß ihm die Jahre seiner Kindheit, Knaben- und Jungmanneszeit höchstens wie zwei Monate vorkamen [nein, nicht so viele, nicht zwei] ... und das ist vollkommen verständlich, sind sie denn nicht nur so verflogen, in der kurzen Zeitspanne, die ich brauchte, um mein Tamti-tam zu summen? Sind sie denn nicht in den wenigen Augenblicken vorbeigehuscht, die Sie brauchten, um »Freiheit«, Ihre Spanielhündin, auszuführen? – Nun, jetzt haben Sie zwei unlösbare Fälle statt nur einen; und das ist hoffentlich genug.)
Wie ich schon sagte: Gertrude heiratet. Und nun

findet die Eifersucht des toten Yorick, aus dem Leichnam des Hofnarren vertrieben und auf der Suche nach einer neuen Heimstatt, eine solche in Hamlet. Es ist klar, so schmiedet Hamlet den Plot weiter, daß König Claudius des Mordes an seinem Bruder angeklagt werden muß, und zudem muß bewiesen werden, daß Yoricks Hinrichtung nur Tarnung war, die Tapete, hinter der sich die Wahrheit verbarg. Also wird der Geist des Mörders ein zweites Mal beschworen, und Hamlet sieht ihn in seiner leidenschaftlichen Liebe zur Mutter auf den Zinnen von Helsingör wandeln.
Aber der Geist trägt seinen eigenen Namen, wodurch der Prinz, der Ankläger, zum Angeklagten wird. Vom Schreckgespenst seines Verbrechens verfolgt, beginnt er, den Verstand zu verlieren. Seine eigene Ophelia behandelt er, wie Sie ja wissen, sehr schlecht; sein wirrer Verstand verwechselt sie mit der unerträglichen Erinnerung an die fälschlich verdächtigte und übelriechende Ehefrau des Narren; bis schließlich der Prinz, der einstmals Worte in Gift verwandelte, aus einem vergifteten Becher trinkt ... Es folgen Leichenzüge – aber auch Heereszüge: Der alte Fortinbras, viel zu lange nicht mehr zu einem Festmahl geladen, verschlingt statt dessen Dänemark.

Yoricks Sohn überlebt und verläßt die Szene der Familientragödie; er wandert in der Welt umher, verstreut seinen Samen in fernen Ländern, von West nach Ost und umgekehrt; und so entstehen mehrfarbige Generationen, die (wie ich nunmehr entdecken möchte) in ebendiesem, bescheidenen Autor münden, dessen Herkunft möglicherweise durch das belegt wird, was er mit der gesamten bedauernswerten Linie seiner Familie gemein hat, nämlich die Schwäche, eine ganz spezielle Art von Geschichten zu erzählen, die gebildete Menschen als *gockelhaft* bezeichnet haben und auch als *stierisch.*

Und genau so eine *Cock-&-Bull-Story* wird mit diesem letzten Geständnis endgültig abgeschlossen.

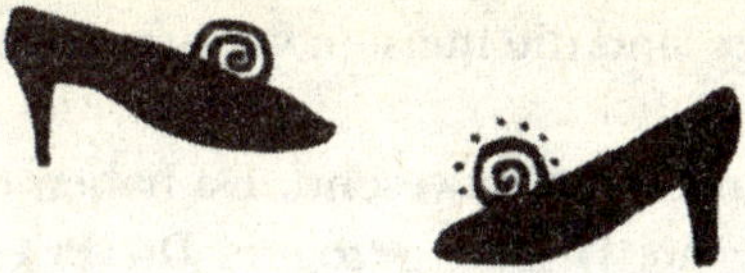

Auf der Versteigerung der roten Schuhe

Die Interessenten, die sich zur Auktion der Zauberschuhe versammelt haben, besitzen wenig Ähnlichkeit mit den üblichen Teilnehmern an einer Versteigerung: Die Auktionatoren haben das große Ereignis weithin bekanntgemacht und sind auf zahlreiche Bieter vorbereitet. Heutzutage wagen sich die Menschen nur noch selten hinaus; dennoch nahmen die Versteigerer – zu Recht – an, daß dieses Objekt uns aus den Bunkern hervorlocken werde. Man ist auf heftige Gefühle gefaßt. Daher wurden zusätzlich zu den Standardmaßnahmen hinsichtlich des Wohlergehens und der Sicherheit der bekannteren Persönlichkeiten im Vestibül und in den Toiletten extragroße Bronzespucknäpfe für diejenigen aufgestellt, die von körperlichem Unwohlsein befallen werden; ein Heer von Psychiatern der verschiedenen Disziplinen wurde in strategisch plazierte neogotische Beichtstühle gesetzt, um diejenigen zu beraten, die sich seelisch angegriffen fühlen.

Heutzutage sind die meisten von uns krank.

Priester sind nicht anwesend. Da haben die Auktionatoren die Grenze gezogen. Die Priester verbleiben in anderen, nahegelegenen Gebäuden – Räumlichkeiten, mit denen sie vertraut sind – und hoffen mit allen seelischen Ausfällen, mit allen Ausbrüchen von Wahnsinn fertig zu werden. Kolonnen von Geburtshelfern und behelmte Polizisten der SWAT-Teams warten außer Sichtweite in Nebengassen für den Fall, daß die Aufregung zu Frühgeburten oder Todesfällen führt. Listen von nächsten Angehörigen wurden aufgestellt und deren Kontaktnummern vermerkt. Eine Anzahl von Zwangsjacken liegt bereit.

Sehen Sie: Dort, hinter dem schußsicheren Glas, funkeln die roten Schuhe. Die Grenzen ihrer Kraft sind uns nicht bekannt. Wir vermuten, daß es keine Grenzen gibt.

Unter den Bietern befinden sich Filmstars, die ihre strahlende, glitzernde Aura im Auktionssaal präsentieren. Die Halos von Filmstars, in Zusammenarbeit mit Meistern der angewandten Psychologie entwickelt, sind platin-, gold-, silber- oder bronzefarben. Bestimmte Charakterschauspieler, die sich auf Schurkenrollen spezialisiert haben, sind von einer Aura des Bösen umgeben: giftgrün, senfgelb, dunkelrot. Stößt einer von uns mit der unbezahlbar kostbaren (und empfindlichen) Aura eines

Stars zusammen, wird er oder sie von den Sicherheitsbeamten sofort zu Boden geworfen und zu den wartenden grünen Minnas hinausbefördert. Derartige Zwischenfälle sind dazu angetan, das Gedränge im Großen Auktionssaal ein wenig zu mindern.

Die Raritäten-Junkies sind in voraussehbarer Stärke aufmarschiert, und eben jetzt preßt eine Frau aus ihrer Mitte die sehnsüchtigen Lippen mit einer leichten Neigung des Kopfes auf die durchsichtige Vitrine mit den Schuhen und löst dadurch eines der modernsten Alarmsysteme aus, dessen Programmierer vergessen haben, die relative Harmlosigkeit einer solchen Geste der Verehrung einzuplanen. Also pumpt das System Strom von einhunderttausend Volt in die collagenimplantierten Lippen der Glasküsserin und setzt ihrem Interesse am weiteren Verlauf der Versteigerung damit ein jähes Ende.
Es ist ein unangenehmer, übelriechender Augenblick, der einen zweiten *aficionado* allerdings nicht an einem gleichen selbstmörderischen Akt der Bewunderung zu hindern vermag. Als wir hören, daß dieser Idiot der Liebhaber der ersten Todeskandidatin war, staunen wir über das Mysterium der Liebe, während wir nochmals zu den parfümierten Taschentüchern greifen.

Der Kult um die roten Schuhe befindet sich auf dem Höhepunkt. Ein Kostümfest ist in vollem

Gang. Überall Hexen, Löwen, Vogelscheuchen, die erzürnt miteinander um die Plätze streiten und einander auf die Füße treten. Wegen des besonders unbequemen Kostüms gibt es allerdings nur wenige Blechmänner. Hexen vertreiben sich die Zeit auf den Balkons und Emporen des Großen Auktionssaals, lebende Wasserspeier von – in vielen Fällen – hoher Kreditwürdigkeit. Eine Ecke ist ausschließlich von Totos besetzt, von denen einige begeistert kopulieren und damit einen gummibehandschuhten Hausmeister zwingen, die Paare zu trennen, weil man befürchtet, sie könnten in der Öffentlichkeit Anstoß erregen. Er entledigt sich seiner Aufgabe mit erstaunlich viel Delikatesse und Takt.

Wir, die Öffentlichkeit, nehmen sehr schnell und heftig Anstoß. Wir haben es uns angewöhnt, das Anstoßnehmen als ein Grundrecht zu betrachten. Für uns gibt es kaum etwas Wichtigeres als unsere Empörung, die uns, nach unserem Dafürhalten, moralisch über die anderen erhebt. Von diesem erhöhten Standpunkt aus können wir auf unsere Feinde ballern und ihnen schwere Verluste zufügen. Wir sind stolz auf unsere kurze Zündschnur. Unser Zorn erhebt uns über andere hinaus.

Rings um den – sagen wir mal – Schrein der mit roten Steinen besetzten Schuhe haben sich Pfützen von Speichel gebildet. Es gibt einige unter uns, die der Selbstbeherrschung entbehren und einfach drauflossabbern. Der Latino-Hausmeister in seiner Latzhose drängt sich, Eimer in der einen, Gummischrubber in der anderen Hand, zwischen uns hindurch. Wir bewundern seine Unauffälligkeit und sind dankbar dafür. Er entfernt unsere Mundflüssigkeit vom Boden, ohne daß wir deswegen das Gesicht verlieren.

Die Gelegenheiten zur Begegnung mit dem wahrhaft Wunderbaren sind in unserem nietzscheanischen, relativistischen Universum begrenzt. Behavioristische Philosophen und Quantenphysiker drängen sich um die Zauberschuhe. Sie machen sich unentzifferbare Notizen.

Exilanten, Vertriebene jeder Couleur, selbst Obdachlose haben sich eingefunden, um einen Blick auf das Unmögliche zu werfen. Sie sind aus ihren unterirdischen Löchern hervorgekrochen und haben den Bazookas getrotzt, den mit Uzis bewaffneten Gangs, von Crack, Smack oder Ice himmelhigh, diesen Schmugglern, diesen Plünderern. Die Tramps tragen stinkende Jute-Ponchos und spukken geräuschvoll in die riesigen Yuccakübel. Sie angeln sich ganze Fäuste voll Kanapees von Tabletts, die auf den exquisiten Handflächen erstklassiger Partylieferanten ruhen. Sushi verschlingen sie mit beeindruckenden Mengen von *wasabi*-Sauce, gegen deren scharfes Brennen so ein Landstreichermagen immun zu sein scheint. Man ruft SWAT-Teams, und nach einer kurzen Auseinandersetzung, bei der Gummigeschosse und Betäubungspfeile eine Rolle spielen, werden die Tramps vertrieben, bewußtlos geschlagen und abtransportiert. Man deponiert sie in einiger Entfernung von der Stadtgrenze, in jenem rauchenden Niemandsland, das von gigantischen Reklametafeln eingerahmt ist und in das sich keiner von uns mehr hinauswagt. Wilde Hunde werden sie, nach einem guten Bissen gierend, anfallen. Die Zeiten sind hart.

Auch politische Flüchtlinge sind zur Auktion gekommen: Verschwörer, entthronte Monarchen, besiegte Parteiseilschaften, Dichter, Bandenanführer. Diese Herrschaften tragen jetzt nicht mehr die schwarzen Barette, die dickglasigen Nickelbrillen und weiten Capes vergangener Zeiten, sondern prunken mit voluminösen Seidenjacketts und hochtaillierten Designerpantalons japanischer Herkunft. Die Damen bevorzugen kurze, mit den Straßnachbildungen großer Kunstwerke bestickte Torerojäckchen. Eine dieser Salonlöwinnen trägt »Guernica« auf dem Rücken, während mehrere andere glitzernde Szenen aus den »Desastres de la guerra« von Francisco Goya zur Schau stellen. So strahlend sie in ihren *trajes de luces* auch aussehen mögen – gegen die roten Schuhe können die weiblichen politischen Flüchtlinge nicht ankommen; mit ihren männlichen Kollegen drängen sie sich zu kleinen, zischelnden Gruppen zusammen, während sie immer wieder Verwünschungen,

Tintengeschosse, speichelgetränkte Papierkügelchen und Papierflieger quer durch den Saal auf rivalisierende Gruppen von *émigrés* abfeuern. Die Wachen an den Ausgängen knallen gelangweilt mit ihren Lederpeitschen. Die Politiker halten sich zurück.

Wir verehren die roten Schuhe, weil wir glauben, daß sie uns vor Hexen beschützen (und heutzutage werden wir von unheimlich vielen Zauberern und Hexen verfolgt); weil sie die Macht haben, Metamorphosen rückgängig zu machen; weil sie einen verlorenen Zustand der Normalität wiederherstellen, an den zu glauben wir nahezu aufgehört haben und den wiederzuerlangen uns die Schuhe verheißen; und weil sie glitzern wie das Schuhwerk der Götter.

Mißbilligende Kritik an dieser Fetischisierung der Schuhe kommt von seiten religiöser Fundamentalisten, denen aufgrund des extremen Liberalismus einiger Auktionatoren Eintritt gewährt wurde. Diese Versteigerer erklären, ein zivilisierter Auktionssaal müsse wie ein großzügige Kirche sein: offen für alle und tolerant. Die Fundamentalisten haben eindeutig zu verstehen gegeben, daß sie am Erwerb des magischen Schuhwerks nur interessiert seien, um es anschließend zu verbrennen, und das ist nach Ansicht der liberalen Auktionatoren keineswegs ein verwerfliches Vorhaben. Denn was nützt Toleranz, wenn die Intoleranten nicht auch toleriert werden? »Geld verlangt Demokratie«, behaupten die liberalen Auktionatoren. »Jedes Menschen Geld ist so gut wie das des anderen.« Die Fundamentalisten geifern von improvisierten Rednerpodien aus speziellem, geweihtem Holz herab. Man ignoriert sie, ein paar ältere Anwesende sprechen jedoch unheildräuend von den Anfängen, denen man wehren soll.

Waisen treffen ein, weil sie hoffen, die roten Schuhe würden sie sowohl in der Zeit als auch im Raum zurücktransportieren (denn wie unsere Gleichungen beweisen, sind alle Raummaschinen auch Zeitmaschinen); sie hoffen also, durch die berühmten Schuhe mit ihren verstorbenen Eltern wiedervereint zu werden.

Männer und Frauen zweifelhaften Charakters sind zu sehen: Unberührbare, Ausgestoßene. Mit vielen von ihnen machen die Sicherheitskräfte kurzen Prozeß.

»Zu Hause« ist in unserem gegenwärtigen Jammertal ein so vager, beschädigter, vielfältiger Begriff geworden. Es gibt so vieles, wonach man sich sehnt. Und es gibt inzwischen kaum noch einen Regenbogen. Was können wir selbst von Zauberschuhen erwarten? Sie haben versprochen, uns *nach Hause* zu bringen, sind sie aber in der Lage, Metaphern von Heimatlosigkeit zu verstehen, sind Abstraktionen überhaupt zulässig? Kleben die Zauberschuhe an der herkömmlichen Wortbedeutung, oder werden sie uns gestatten, dieses geliebte Wort neu zu definieren?

Verlangen, erhoffen wir zuviel?

Während unsere zahllosen Wünsche aus ihren Verstecken hervorgekrochen kommen und sich um das unter Strom gesetzte Glas drängen – werden die Schuhe wie der uralte Butt der Gebrüder Grimm die Geduld mit unseren ständig wachsenden Forderungen verlieren und uns in die Elendskate unserer Unzufriedenheiten zurückversetzen?

Die Anwesenheit imaginärer Wesen im Auktionssaal könnte der Tropfen sein, der das Faß zum Überlaufen bringt. Kinder aus australischen Gemälden des neunzehnten Jahrhunderts sind hier, die in ihren reichgeschnitzten und vergoldeten Rahmen weinen, weil sie sich in der ungeheuren Weite des Outback verirrt haben. In blauen Kitteln und kurzen Söckchen blicken sie auf Regenwälder und rote Wüsten und erschauern.

Ein Literat, der dazu verdammt ist, einem bewaffneten Wahnsinnigen im Dschungel auf Ewigkeit Werke von Dickens vorzulesen, hat eine schriftliche Eingabe gemacht.

Auf einem Fernsehschirm entdecke ich die zierliche Gestalt eines Außerirdischen mit einer leuchtenden Fingerspitze.

Dieses Eindringen des Fiktiven in die Welt der Wirklichkeit ist ein Symptom für den moralischen Verfall in unserer postmillennialen Kultur. Hel-

den treten aus Filmbildern heraus und heiraten Mädchen aus dem Publikum. Will das denn gar kein Ende nehmen? Sollte es nicht strengere Kontrollen geben? Übt der Staat etwa nicht genügend Gewalt aus? Über derartige Fragen diskutieren wir immer wieder. Ganz zweifellos ist eine große Mehrheit von uns gegen das freie, ungehinderte Eindringen imaginärer Wesen in eine ohnehin schon geschädigte Wirklichkeit,deren Ressourcen mit jedem Tag weiter abnehmen. Schließlich wollen nur sehr wenige von uns in die umgekehrte Richtung abwandern (obwohl es in letzter Zeit glaubhafte Berichte über eine Zunahme solcher Migrationen gibt).
Ich möchte derartige Diskussionen vorerst vertagen. Denn nun wird jeden Moment die Auktion beginnen.

Hier muß ich meine Cousine Gale erwähnen und ihre Gewohnheit, bei der Liebe laut zu stöhnen. Dabei will ich ganz offen sein: Meine Cousine Gale war und ist die große Liebe meines Lebens, und sogar jetzt, da wir uns getrennt haben, gerate ich bei der bloßen Erinnerung an ihre geräuschvolle Erotik leicht in Erregung. Ich sollte wohl noch hinzufügen, daß es, von dieser lautstarken Hingabe abgesehen, an unserem Verkehr nichts Anomales gab, nichts, wenn ich es denn so ausdrücken darf, Fiktives. Und dennoch hat er mich zutiefst befriedigt, vor allem, wenn sie im Augenblick der Penetration aufschrie: »Zu Hause, Boy!

Zu Hause, Baby! Jawohl – du bist wieder zu Hause!«

Als ich eines Tages nach Hause kam, überraschte ich sie, wie ich leider gestehen muß, in den Armen eines aus einem Höhlenmenschenfilm entsprungenen Behaarten. Am selben Tag noch zog ich aus und marschierte mit meinem Porträt von Gale, das sie als Tornado darstellte, auf den Armen und meiner Sammlung alter 78er-Pat-Boone-Platten im Rucksack auf dem Rücken weinend die Straße entlang.

Das geschah vor vielen Jahren.

Eine Zeitlang, nachdem Gale mit mir Schluß gemacht hatte, war ich verbittert und tratschte in unserem Bekanntenkreis herum, daß sie im Alter von vierzehn Jahren bei einem Unfall mit einem defekten Jagdstuhl die Unschuld verloren habe; doch diese Rachsucht befriedigte mich nicht sehr lange.

Seit damals widme ich mich ihrem Andenken. Ich habe mich zur Kerze in ihrem Tempel gemacht.

Mir ist klar, daß die Gale, die ich bewundere, nach diesen langen Jahren der Trennung und Kommunikationsstille kein ganz und gar realer Mensch mehr ist. Die wirkliche Gale hat sich mit meiner Vorstellung von ihr vermischt, mit meiner ganz persönlichen Phantasie von unserem weiteren Zusammenleben in einem anderen Universum ohne Affenmenschen. Die wirkliche Gale steht inzwischen möglicherweise außerhalb unseres Begriffsvermögens und ist nicht zu beschreiben.

Vor kurzem habe ich sie zufällig gesehen. Sie saß, von Freizeitkommandos mit Gefechtsatomwaffen behütet, am anderen Ende einer langgestreckten, dunklen, unterirdischen Bar. Auf der Theke standen polynesische Snacks, und ausgeschenkt wurde Faßbier aus dem pazifischen Raum: Kirin, Tsingtao, Swan.

Damals widmeten sich zahlreiche Fernsehsender dem traurigen Fall des auf dem Mars gestrandeten Astronauten, für den es keine Rettung gab und dessen Lebensmittel- und Atemluftvorräte immer weniger wurden. Offizielle Sprecher berichteten von zwingenden Argumenten für einen sofortigen Stopp aller Raumforschungsvorhaben. Wir fanden diese Argumente überzeugend. Einflußreiche Stimmen beklagten die sentimentale Natur der Bilder von diesem sterbenden Raumfahrer, und dennoch hörten die Kameras in dem gestrandeten Raumfahrzeug nicht auf, uns gestochen scharfe Aufnahmen von seinem allmählichen Absinken in die Verzweiflung, von seinem schwerelosen, gewichtsreduzierten Tod zu senden.

Ich beobachtete meine Cousine Gale, während sie in der Kneipe auf den Bildschirm starrte. Sie schien nicht zu bemerken, daß ich sie beobachtete, nicht zu wissen, daß sie zu meinem auserwählten Programm geworden war.

Der zum Sterben Verurteilte auf einem anderen Planeten – der zum Sterben Verurteilte im Fernsehen – begann, krächzend ein Medley bruchstückhaft erinnerter Schlager zu singen. Ich mußte an

den sterbenden Computer Hal in dem alten Film »2001: A Space Odyssey« denken. Als sein Stecker herausgezogen wurde, sang er »Daisy, Daisy«.
Der Marsmensch – denn er war nun zum bleibenden Bewohner dieses Planeten geworden – lieferte uns seine persönlichen Weltraumversionen von »Swanee«, »Show Me the Way to Go Home« und einigen Nummern aus »The Wizard of Oz«; Gales Schultern begannen zu zucken: Sie weinte.
Ich ging nicht hinüber, um sie zu trösten.

Am Morgen darauf erfuhr ich von der bevorstehenden Versteigerung der roten Schuhe und beschloß sofort, diese um jeden Preis zu erwerben. Mein Plan war einfach: Ich wollte Gale diese Zauberschuhe in aller Bescheidenheit zum Geschenk machen. Wenn sie es wünsche, wollte ich zu ihr sagen, könne sie mit ihnen zum Mars reisen und den Raumfahrer zur Erde zurückholen.
Vielleicht gelang es mir sogar, dreimal die Hacken zusammenzuschlagen und ihr Herz zurückzuerobern, indem ich in wehmütiger Erinnerung an unsere verschwendete Liebe ganz leise sagte: *Am schönsten ist es doch zu Hause.*

Lachen Sie über meine Verzweiflung? Sagen Sie einem Ertrinkenden, er soll sich nicht an den rettenden Strohhalm klammern! Sagen Sie einem sterbenden Astronauten, er soll aufhören zu singen! Kommen Sie her, und springen Sie beim Ersteigern der Schuhe ein! Was sagte doch der

ängstliche Löwe: Greif doch an! Greif doch aaan! Ich besieg dich noch mit einer auf den Rücken gebunden Hand. Ich besieg dich mit geschlossenen Augen.
Angst gekriegt, was? Angst gekriegt?

Der Große Auktionssaal der Versteigerer ist das pulsierende Herz der Welt. Bleibt man lange genug dort, sieht man alle Wunder der Erde an sich vorüberziehen. Im Großen Auktionssaal haben wir im Lauf der letzten Jahre die Versteigerung des Tadsch Mahal erlebt, der Freiheitsstatue, der Alpen, des Sphinx. Wir waren anwesend beim Verkauf von Ehefrauen und dem Erwerb von Ehemännern. Hier wurden an den Meistbietenden ganz offen Staatsgeheimnisse verkauft. Bei einer besonderen Gelegenheit riefen die Auktionatoren vor einer überhitzten und interkonfessionellen Schar rotglühender Dämonen eine umfassende Auswahl menschlicher Seelen aller Klassen, Arten, Altersgruppen, Rassen und Glaubensbekenntnisse auf.
Wirklich alles steht zum Verkauf, und unter der energischen, aber im Grunde doch wohlmeinenden Oberaufsicht der Auktionatoren, ihrer Sicherheitshunde und SWAT-Teams stürzen wir uns in eine Schlacht der geistigen und monetären Potenzen, in einen wahren Nervenkrieg.
Es liegt eine gewisse Reinheit in unserem Verhalten dort, und es herrscht eine ästhetisch befriedigende Spannung zwischen der ungeheuren

Vielfalt des Lebens, das dort, zu Losen zusammengestellt, unter den Hammer kommt, und der nicht minder ungeheuren Schlichtheit unserer Art, mit diesem Leben umzugehen.
Wir bieten, die Auktionatoren geben oft den Zuschlag, wir fahren fort.

Vor der Gerechtigkeit des Auktionshammers sind alle gleich: der Pflastermaler und Michelangelo, das Sklavenmädchen und die Königin.
In diesem Gerichtssaal regiert der Markt.

Jetzt beginnen sie für die Schuhe zu bieten. Je höher die Gebote steigen, desto enger zieht sich meine Kehle zusammen. Panik umklammert mich, zerrt mich hinab, ertränkt mich. Ich denke an Gale – süßes Cousinchen! –, bekämpfe meine Furcht und biete mit.

Einmal bat mich der Witwer einer weltberühmten, sehr beliebten Popsängerin, an seiner Stelle an einer Versteigerung von Rock-Souvenirs teilzunehmen. Er war der einzige Treuhänder ihres Vermögens, das über zehn Millionen betrug. Ich behandelte ihn mit Respekt.
»Es gibt nur einen Aufruf, den ich haben möchte«, erklärte er mir. »Bieten Sie für ihn so hoch wie nötig.«
Es war ein Kleidungsstück, ein eßbares Unterhöschen aus Reispapier mit Pfefferminzgeschmack, vor langer Zeit in einem Geschäft am (ich glaube, so hieß das damals) Rodeo Drive gekauft. Zu

der Bühnenshow der verstorbenen Ehefrau meines Auftraggebers hatte es gehört, mehrere dieser Höschen öffentlich auszuziehen und zu essen. Weitere Höschen in verschiedenen Geschmacksrichtungen – Schokolade, Eierlikör, Knickerbokker, Glory, Cassata – wurden in die Menge geworfen. Auch diese wurden in der allgemeinen Erregung während des Konzerts verspeist, weil die Glücklichen, die sie auffingen, viel zu hingerissen waren, um nach dem zukünftigen Wert ihrer Beute zu fragen. Unterhöschen, die von der Lady tatsächlich getragen worden waren, gab es daher nur noch sehr selten, und die Nachfrage war enorm.

Während der Versteigerung kamen die Gebote über Videoverbindungen aus Tokio, Los Angeles, Paris und Mailand – so schnell und in solcher Höhe, daß ich aufgab. Doch als ich meinen Auftraggeber anrief, um ihm meinen Mißerfolg einzugestehen, kümmerte ihn das kaum, und er interessierte sich ausschließlich für das Höchstgebot. Ich erinnerte mich an einen fünfstelligen Betrag, und er lachte. Es war das erste, wahrhaft aufrichtige Lachen, das ich seit dem Tod seiner Frau von ihm gehört hatte.

»Wunderbar!« erwiderte er. »Ich hab noch dreihunderttausend davon.«

Also gehen wir zu den Auktionatoren, um den Wert unserer Vergangenheit, unserer Zukunft, unseres ganzen Lebens in Erfahrung zu bringen.

Der Preis für die roten Schuhe steigt und steigt. Viele Bieter scheinen Strohmänner zu sein, so wie ich damals am Tag des Unterhöschens; und wie ich es so oft auf die unterschiedlichste Art und Weise bin.
Heute jedoch biete ich – möglicherweise buchstäblich – für mich selbst.
Draußen auf der Straße gibt es eine Explosion. Wir hören Menschen laufen, hören Sirenen, Schreie. Derartiges ist alltäglich geworden. Also bleiben wir, wo wir sind, vertieft in ein weitaus faszinierenderes Drama.
Die Spucknäpfe werden eifrig frequentiert. Hexen kreischen, Filmstars stürzen mit matt gewordener Aura davon. Vor den Beichtstühlen der Psychiater bilden sich Schlangen von Verzweifelten. Inzwischen haben auch die knüppelschwingenden Wachmänner zu tun, nur die Geburtshelfer sind noch arbeitslos. Die Ordnung wird aufrechterhalten. Ich bin der einzige Bieter, der im Auktionssaal anwesend ist. Meine Rivalen sind körperlose Köpfe auf Videoschirmen und unhörbare Stimmen am Telefon. Ich kämpfe gegen eine unsichtbare Welt von Dämonen und Geistern, und der Siegespreis ist die Hand meiner Lady.

Auf dem Höhepunkt jeder Versteigerung, wenn das Geld nur noch den Spielstand anzeigt, geschieht etwas, das ich nur ungern zugebe: Man fühlt sich losgelöst von der Erde.
Die Schwerkraft läßt nach, das Gewicht verringert

sich, man schwebt in der Raumkapsel des Wettbietens. Das absolute Ziel überschreitet die Grenze des Wahnsinns. Das Streben, es zu erreichen, und unser eigenes Weiterleben werden – jawohl! – Fiktion.

Und Fiktionen – ich war nahe daran, vorhin darauf hinzuweisen – sind gefährlich.

In den Krallen der Fiktion würden wir Hypotheken auf unser Haus aufnehmen, unsere Kinder verkaufen – nur um das Objekt unserer Sehnsucht zu erringen. Denn sonst würden wir in diesem miasmischen Meer einfach dahintreiben, uns von unseren Wünschen entfernen und sie aus der Entfernung sehen, so daß sie auf einmal bedeutungslos wirken, trivial. Wir lassen sie fahren. Und legen uns, wie Menschen, die in einem Blizzard umkommen, in den Schnee, um auszuruhen.

So kommt es, daß meine Cousine Gale im Feuerofen der Auktion ihre Macht über mich verliert. So kommt es, daß ich aus dem Wettbieten aussteige, nach Hause gehe und einschlafe.

Sobald ich erwache, fühle ich mich erfrischt – und frei.

Nächste Woche gibt es wieder eine Auktion. Zum Aufruf kommen Ahnentafeln, Wappen und Adelskalender, in die man je nach Wunsch einen Namen eintragen lassen kann, den eigenen oder den eines geliebten Menschen. Auch Hunde- und Katzenstammbäume werden angeboten: für deutsche Schäferhunde, Burmesen, Saluki, Siamesen, Cairn-Terrier.

Dank des unermeßlichen Angebots, über das die Auktionatoren verfügen, können wir alle – Katze, Hund, Mann, Frau oder Kind – blaublütig sein; *können* es sein – wenn wir uns danach sehnen; und wenn wir, in unseren Bunkern kauernd, fürchten, daß wir etwas nicht sind: *jemand.*

Christoph Kolumbus und Königin Isabella von Spanien erfüllen ihre gemeinsame Bestimmung (Santa Fé 1492)

Christoph Kolumbus, ein Ausländer, folgt Königin Isabella auf Schritt und Tritt – unermüdlich, ohne je ganz die Hoffnung zu verlieren.

➢ *In welchen charakteristischen Posen?*

Stolz, und doch demütig, mit hoch erhobenem Kopf, doch mit gebeugtem Knie. Einschmeichelnd, doch furchtlos; von einer gewissen unverfrorenen Vulgarität, die man ihm dank seines Bauernfängercharmes durchgehen läßt. Im Lauf der Zeit aber treten die gewinnenden Aspekte seines Wesens stärker hervor, während die pöbelhafte Piratenart sich ein wenig abschleift und dünner wird. Genau wie die Sohlen seiner Schuhe.

➢ *Seine Hoffnung. Worauf ist sie gerichtet?*

Auf der Hand liegende Antworten zuerst. Er erhofft sich Bevorzugung. Er möchte sich die Gunst der Königin an den Helm heften wie ein Ritter im Versroman das Tüchlein seiner Dame. (Er besitzt keinen Helm.) Er erhofft sich Bargeld und drei prächtige Schiffe: »Niña«, »Pinta«, »Santa María«; über den Ozean, den blauen, will er segeln im Jahre vierzehnhundertneunzigzwei. Als sich die Königin anläßlich seines ersten Besuchs am Hof persönlich nach seinen Wünschen erkundigte, beugte er sich jedoch über ihre olivbraune Hand und murmelte, die Lippen nur einen Hauch vom großen Ring ihrer Macht entfernt, ein einziges, gefährliches Wort.

»Erfüllung.«

➢ *Diese unmöglichen Ausländer! So eine Unverfrorenheit! »Erfüllung«, ich bitte Euch! Und dann ihren Spuren folgen, Monat um Monat, als hätte er auch nur die geringste Chance! Seine ungeschliffenen Episteln, seine mißtönenden Serenaden unter ihren Fenstern, die die Königin zwangen, die Läden schließen zu lassen und die kühlende Brise auszusperren! Sie hatte Wichtigeres zu tun, eine Welt zu erobern & so fort, wofür hielt er sich eigentlich?*

➢ *Ausländer können hartnäckig sein. Und sie können*

wegen ihrer Sprachschwierigkeiten auch eine Anspielung überhören. Andererseits dürfen wir wiederum nicht vergessen, daß es als de rigueur *gilt, eine Anzahl von Ausländern um sich zu scharen. Sie verleihen allem einen gewissen kosmopolitischen Anstrich. Sie sind oft arm und daher willens, etliche notwendige, doch schmutzige Arbeiten zu übernehmen. Darüber hinaus stellen sie eine Warnung vor allzu großer Selbstgefälligkeit dar, denn die Tatsache, daß sie in unserer Mitte leben, erinnert uns daran, daß es Teile der Welt gibt, in denen auch wir (obwohl das schwer zu verstehen ist) als Ausländer angesehen werden.*

➢ *Aber so etwas zur Königin zu sagen!*

➢ *Ausländer vergessen, wer sie sind (nachdem sie, was sie waren, hinter sich gelassen haben). Mit der Zeit bilden sie sich ein, unseresgleichen zu sein. Das ist ein unvermeidliches Risiko. Unsere herbe Strenge durchdringen sie mit ihrer schmeichlerischen Italianità. Nichts drauf geben: sich taub stellen, in die andere Richtung schauen. Sie meinen es meistens nicht böse und gehen nur sehr selten zu weit. Und die Königin, seid versichert, vermag sich ihrer Haut zu wehren.*

An Isabellas Hof gerät Kolumbus sehr schnell in den belastenden Ruf, ein Verrückter zu sein. Seine Kleidung ist übertrieben farbig, und außerdem trinkt er im Übermaß. Wenn Isabella einen militärischen Sieg erringt, feiert sie das elf Tage lang mit Psalmen und dem schlichten Wohllaut priesterlicher Gesänge. Kolumbus dagegen lärmt vor dem Dom herum und schwenkt einen Weinschlauch. Eine Einmannorgie, sozusagen.

➢ *Seht ihn Euch an, den Trunkenbold, dessen riesiger, zottiger Kopf mit Unsinn gefüllt ist! Ein Tor, der mit glänzenden Augen Träumen von einem goldenen Paradies hinter dem westlichen Ende der Welt nachhängt.*

»Erfüllung.«

Die Königin spielt mit Kolumbus.
Beim Mittagessen verspricht sie ihm, all seine Wünsche zu erfüllen; ein wenig später am Nachmittag schneidet sie ihn, sieht durch ihn hindurch, als sei er ein Schleier.
An seinem Namenstag befiehlt sie ihn zu sich in ihr Boudoir, entläßt ihre Hofdamen, erlaubt ihm, ihr das Haar zu flechten und – einen flüchtigen Augenblick – ihre Brüste zu liebkosen. Dann ruft sie ihre Wachen. Für vierzig Tage verbannt sie ihn in die Pferde- und Schweineställe. Verzweifelt hockt er auf dem Heu, an dem die Pferde rupfen, während seine Gedanken fernem, sagenhaftem Gold nachjagen. Er träumt von den Duftwässern der Königin, erwacht aber, würgend vor Ekel, in einem Schweinekoben.
Mit Kolumbus zu spielen, macht der Königin Freude.
Und der Königin Freude zu machen, so sagt er sich, könnte ihm helfen, sein Ziel zu erreichen.

Schweine wühlen zu seinen Füßen. Er knirscht mit den Zähnen.
»Der Königin Freude zu machen, ist gut.«

Kolumbus denkt nach:
Quält sie ihn nur zum Spaß?
Oder: weil er ein Ausländer ist und seine Art wie sein Verhalten ihr fremd sind?
Oder: weil ihr Ringfinger, noch immer heiß von der Erinnerung an seine Lippen, von seinem Atem – wie sagt man – *berührt* worden ist? Jawohl: Fangarme der Wärme winden sich von ihren Fingern unter der Haut bis zum Herzen. Ein Aufruhr wurde entfacht.
Oder: weil sie hin und her gerissen ist zwischen der Möglichkeit, sich seinen Plan mit der Hingabe einer Verliebten zu eigen zu machen, und der eher konventionellen und auf eine andere (boshafte) Art erfreulichen Alternative, ihn zu vernichten, indem sie ihm letztlich, nach langem Vorspiel, ins törichte, flehende Antlitz lacht.
Kolumbus tröstet sich mit Möglichkeiten. Doch nicht alle Möglichkeiten sind tröstlich.
Sie ist eine absolute Herrscherin. (Ihr Ehemann ist eine absolute Null: ein Nichts könnte nicht unwesentlicher sein. Wir werden ihn fürderhin nicht mehr erwähnen.) Sie ist eine Frau, deren Ring häufig geküßt wird. Es bedeutet ihr nichts. Schmeicheleien sind ihr nicht fremd. Sie vermag ihnen mühelos zu widerstehen.
Sie ist eine Tyrannin, zu deren Besitztümern eine

private Menagerie von vierhundertundneunzehn Narren gehört, einige davon grotesk mißgebildet, andere schön wie die Morgenröte. Er, Kolumbus, ist nichts weiter als ihr vierhundertundzwanzigster Idiot. Auch das ist ein plausibles Szenarium.
Entweder: Sie versteht seinen Traum von einer Welt hinter dem Ende der Welt und ist von ihm berührt, so tief sogar, daß der Traum sie verfolgt und sie sich ihm anfangs zu- und dann wieder abwendet;
Oder: Sie begreift überhaupt nichts und will auch nichts begreifen.
»Sucht Euch etwas aus!«
Sicher ist jedenfalls, *er* versteht *sie* nicht. Einzig die Tatsachen sind klar. Sie ist Isabella, die alles erobernde Königin. Und er ist ihr unsichtbarer (obwohl lärmender, kunterbunter, weinsaufender) Gefolgsmann.

»Erfüllung.«

Die sexuellen Begierden des Mannes nehmen ab; jene des Weibes nehmen mit dem Fortschreiten der Jahre zu. Isabella ist Kolumbus' letzte Hoffnung. Ihm gehen die potentiellen Gönner aus, die Verkaufsargumente, die Galanterien, die Haare, der Dampf.
Die Zeit schleppt sich dahin.
Isabella galoppiert in der Gegend herum, gewinnt Schlachten, vertreibt Mauren aus ihren Festungen, und ihr Hunger wächst von Woche zu Woche. Je

mehr Land sie verschlingt, je mehr Krieger sie vertilgt, desto größer wird ihr Appetit. Kolumbus, der sich des langsamen Schrumpfprozesses in seinem Inneren bewußt ist, macht sich Vorwürfe. Er sollte die Dinge so sehen, wie sie sind. Er sollte endlich zur Vernunft kommen. Welche Chancen hat er denn hier? Manchmal befiehlt sie ihm, Latrinen auszuleeren. Dann wieder wird er zum Körperwaschdienst befohlen, und nach einer Schlacht sind die Körper alles andere als sauber. Wenn die Soldaten in den Kampf ziehen, tragen sie Windeln in Erwachsenengröße unter der Rüstung, denn in der Todesangst öffnet sich der Schließmuskel, und zwar jedesmal. Für diese Art Arbeit ist Kolumbus nicht geschaffen. Er nimmt sich vor, Isabella zu verlassen – endgültig.

Aber es gibt Probleme: sein fortschreitendes Alter, den Mangel an Mäzenen. Bricht er seine Zelte hier ab, kann er die Reise gen Westen vergessen.
Die philosophische Schule, die behauptet, das Leben sei absurd, hat ihm noch nie so recht gefallen. Er ist ein Mann der Tat, den man an seinen Taten erkennen soll. Doch ohne diese Reise gen Westen wird er sich gezwungen sehen, die Sinnlosigkeit des Lebens zu akzeptieren. Auch das wäre eine Niederlage. Also bleibt er, unsichtbar in grellen Tropenfarben, unbelohnt, folgt ihren Spuren und hofft auf die Ekstase eines einzigen Blickes von ihr.
»Die Suche nach Geld und Protektion«, sinniert

Kolumbus, »unterscheidet sich kaum von der Suche nach Liebe.«

- *Sie ist allmächtig. Kastelle fallen ihr in den Schoß. Die Juden sind aus dem Land vertrieben. Die Mauren treffen Vorbereitungen für ihre letzte Kapitulation. Die Königin weilt in Granada und reitet an der Spitze ihrer Armee.*
- *Sie überwältigt alles und jeden. Nichts, was sie wollte, ist ihr jemals verweigert worden.*
- *All ihre Träume sind Weissagungen.*
- *Gestützt auf Informationen, die sie im Schlaf erhält, erarbeitet sie ihre unfehlbaren Schlachtpläne, vereitelt sie Verschwörungen von Attentätern und erfährt von Verrat und Korruption, worauf sie sowohl die Loyalisten erpreßt (um sich ihrer Unterstützung zu versichern) als auch ihre Gegner (um sich vor der ihren zu schützen). Die Träume versetzen sie in die Lage, das Wetter vorauszusagen, Verträge auszuhandeln und äußerst geschickt im Handel zu investieren.*
- *Sie frißt wie ein Roß und nimmt niemals auch nur ein einziges Gramm zu.*
- *Die Erde verehrt den Schritt ihrer Füße. Vor dem Glanz ihrer Augen fliehen die Schatten.*
- *Ihr Gesicht ist eine üppige Halbinsel im Meer ihrer Haare.*
- *Ihre Schatztruhen sind unerschöpflich.*
- *Ihre Ohren sind sanfte Fragezeichen, die einige Unsicherheit verraten.*
- *Ihre Beine.*
- *Ihre Beine sind nicht so großartig.*

- ➢ *Sie ist immer unzufrieden.*
- ➢ *Keine Eroberung stellt sie zufrieden, kein Höhepunkt der Ekstase ist hoch genug.*
- ➢ *Seht nur: Dort, vor den Toren der Alhambra, steht Boabdil der Unglückliche, der letzte Sultan der letzten Festung des all die Jahrhunderte währenden arabischen Spanien. Seht ihr: Jetzt eben übergibt er ihr den Schlüssel zur Zitadelle … so! Und während der schwere Schlüssel von seiner Hand in die ihre gleitet, da … da … gähnt sie.*

Kolumbus gibt jegliche Hoffnung auf.
Während Isabella in gelangweiltem Triumph die Alhambra betritt, sattelt er sein Maultier. Während sie sich im Löwenhof ergeht, entflieht er in einem Gerten-Ellbogen-Hufe-Wirbel, der schon bald in einer Staubwolke verschwindet.
Die Unsichtbarkeit verfolgt ihn. Und er liefert sich ihr aus. In dem Bewußtsein, seine Bestimmung aufzugeben, gibt er sie auf. Reitet in hoffnungsverlorenem Zorn weit weg von Königin Isabella, reitet Tag und Nacht, und als sein Maultier unter ihm verendet, schultert er seine lächerlichen, zigeunerflickenbunten Satteltaschen, deren aufdringliche Farben inzwischen der Staub dämpft; und schreitet fürbaß.

Um ihn herum erstreckt sich die blühende Ebene, die ihre Heere unterworfen haben. Kolumbus hat keinen Blick dafür, weder für die Fruchtbarkeit des Landes noch für die überraschende Trostlosigkeit

der eroberten Burgen, die von den Berggipfeln herabblicken. Die Geister besiegter Kulturen treiben unbemerkt die Flüsse hinab, deren Namen – Guadaldies und Guadaldas – ein Echo der vernichteten Vergangenheit sind.
Über seinem Kopf ziehen Raubvögel geduldig ihre arabeskengleichen Kreise.
In langen Kolonnen ziehen Juden an Kolumbus vorbei, doch ihre Tragödie, die Vertreibung, macht keinen Eindruck auf ihn. Irgend jemand will ihm einen Degen aus Toledostahl verkaufen; er scheucht den Mann davon. Nachdem sein Traum von den Schiffen gescheitert ist, überläßt Kolumbus die Juden den Schiffen ihrer Exilierung, die wartend im Hafen von Cádiz liegen. Erschöpfung raubt ihm den Verstand. Die alte Welt ist zu alt, und die neue Welt ist ein unentdecktes Land.
»Der Verlust von Geld und Protektion«, sagt sich Kolumbus, »ist so bitter wie unerwiderte Liebe.«

Er wandert dahin, läßt die Müdigkeit hinter sich, wandert über die Grenze seiner Widerstandsfähigkeit und die Schranken seines Ichs hinaus und verliert irgendwo auf diesem Weg das Gleichgewicht; er kippt über den Rand seines Verstandes, und dort draußen, jenseits der Linie der Vernunft, hat er zum ersten und zum einzigen Mal in seinem Leben eine Vision.

Es ist der Traum von einem Traum.
Er träumt von Isabella, die lustlos die Alhambra

erkundet, jenes monumentale Juwel, das sie Boabdil, dem letzten der Nasriden, entrissen hat.
Sie starrt in eine große Steinschale, die von steinernen Löwen getragen wird. Die Schale ist mit Blut gefüllt, und darin sieht sie – das heißt, Kolumbus träumt, daß sie es sieht – ihre eigene Vision.
Die Schale zeigt ihr, daß alles, die gesamte bekannte Welt, nunmehr ihr eigen ist. Alles ist in ihrer Hand, sie kann damit machen, was sie will. Und als ihr das klar wird – träumt Kolumbus –, stockt sofort das Blut und wird zu einem dicken, fauligen Schlamm. Woraufhin die Isabella aus Kolumbus' von Übermüdung, aber auch Rachsucht zeugendem Traum bis ins Mark erschüttert ist von der Erkenntnis, daß sie niemals, *niemals*, NIEMALS! mit dem Besitz des Bekannten zufrieden sein wird. Nur das Unbekannte, vielleicht sogar das Unerkennbare, kann sie noch befriedigen.

Da fällt ihr auf einmal Kolumbus ein (er träumt, daß sie sich an ihn erinnert), Kolumbus, der Unsichtbare, der davon träumt, die unsichtbare Welt zu betreten, die unbekannte und vielleicht sogar unerkennbare Welt hinter der Grenze aller Dinge, hinter der Steinschale des Alltäglichen, hinter dem dicken Blut des Meeres. In diesem schmerzlichen Traum zwingt Kolumbus Isabella, endlich die Wahrheit zu sehen, endlich einzugestehen, daß sie ihn ebenso dringend braucht wie er sie. Jawohl! Jetzt weiß sie es! Sie muß muß muß ihm das Geld, die Schiffe, muß ihm alles geben, und er muß muß

muß ihre Farben und ihr Wappen über das Ende der Welt hinaustragen, in die Verzückung und die Unsterblichkeit, sie auf ewig mit Fesseln an sich binden, die schwerer zu lösen sind als jene einer sterblichen Liebe: mit den harten und vergöttlichenden Banden der Geschichte.

»Erfüllung.«

In Kolumbus' wildem Traum rauft sich Isabella die Haare, stürzt aus dem Löwenhof und schreit nach ihren Herolden.
»Bringt ihn mir!« befiehlt sie.
In seinem Traum aber läßt Kolumbus sich nicht zu ihr bringen. Er wickelt sich in den verstaubten Flickenumhang seiner Unsichtbarkeit, und die Herolde galoppieren vergebens kreuz und quer.
Isabella kreischt, fleht, bettelt.
Miststück! Miststück! Wie gefällt dir das jetzt, höhnt Kolumbus. Indem er sich von ihrem Hof entfernte, durch diese endgültige, selbstmörderische Unsichtbarkeit, hat nunmehr er *ihr* den Herzenswunsch versagt. Geschieht ihr recht!
Miststück!
Sie hat seine Hoffnungen gemordet, oder etwa nicht? Nun gut. Indem sie das tat, hat sie sich selbst genauso gedemütigt. Poetische Gerechtigkeit. Nur recht und billig.
Am Ende des Traums läßt er sich von ihren Boten aufstöbern. Ihr Hufschlag, ihre hektisch winkenden Arme. Sie bitten, schmeicheln, versuchen ihn

zu bestechen. Aber es ist zu spät. Nur die süße, selbstzerfleischende Freude, das Mögliche zu morden, bleibt ihm.
Er gibt den Herolden seine Antwort: ein Kopfschütteln.
»Nein.«

Er kommt zur Besinnung.
Inmitten der fruchtbaren Ebene liegt er auf den Knien und erwartet den Tod. Er hört den Hufschlag näher kommen und hebt den Blick, fast erwartet er, den Todesengel vor sich zu sehen, der wie ein Eroberer auf ihn zugeritten kommt. Die schwarzen Schwingen, den unbeteiligten Gesichtsausdruck.
Isabellas Herolde umzingeln ihn. Sie bieten ihm zu essen an, zu trinken, ein Pferd. Sie rufen:

➢ *Eine gute Nachricht! Die Königin befiehlt Euch zu sich!*
➢ *Eure Seereise: eine wundervolle Nachricht.*
➢ *Sie hatte eine Vision, und ihr wurde angst.*
➢ *All ihre Träume sind Weissagungen.*

Die Herolde sitzen ab. Sie versuchen ihn zu bestechen, schmeicheln, bitten.

➢ *Sie kam aus dem Löwenhof gestürzt und rief Euren Namen.*
➢ *Sie wird Euch auf Reisen schicken, über die Steinschale der bekannten Welt, über das dicke Blut des Meeres hinaus.*
➢ *Sie erwartet Euch in Santa Fé.*

➢ *Ihr müßt augenblicklich mitkommen.*

Kolumbus erhebt sich wie ein endlich erhörter Liebender, wie ein Bräutigam am Hochzeitstag. Er öffnet den Mund, und fast wäre die verbitterte Weigerung herausgekommen: nein.

»Ja«, antwortet er den Herolden. *O ja. Ich komme.*

Osten, Westen

Die Harmonie der Sphären

Um die Zeit der *Jubilee*-Feiern[1] saß der Schriftsteller Eliot Crane, der an von ihm als »Brainstorms« bezeichneten Anfällen paranoider Schizophrenie litt, mit seiner Frau, einer jungen Fotojournalistin namens Lucy Evans, in der walisischen Stadt R., wo sie an der Lokalzeitung arbeitete, beim Lunch. Er wirkte heiter und erklärte, er fühle sich wohl, nur etwas müde, und werde zeitig zu Bett gehen. Da bei der Zeitung eine der abendlichen Pressebesprechungen stattfand, kam Lucy erst spät nach Hause zu ihrem Cottage am Hügelhang; als sie in den oberen Stock hinaufging, fand sie Eliot nicht im gemeinsamen Schlafzimmer. In der Annahme, er schlafe im Gästezimmer, damit sie ihn nicht stören konnte, ging sie zu Bett.

[1] *Jubilee:* 25jähriges Thronjubiläum von Königin Elizabeth II.

Eine Stunde später erwachte Lucy mit dem Gefühl einer drohenden Katastrophe und ging, ohne sich anzukleiden, zum Gästezimmer; nachdem sie einmal tief durchgeatmet hatte, öffnete sie die Tür. Eine halbe Sekunde später schlug sie die Tür wieder zu und rutschte langsam an der Wand zu Boden. Eliot war seit über zwei Jahren krank gewesen, daher war sie zu keinem anderen Gedanken fähig als: *Es ist vorbei.* Als dann das Zittern einsetzte, kehrte sie ins Bett zurück und schlief tief und fest bis zum nächsten Morgen.
Er hatte sich den Lauf seiner Schrotflinte in den Mund gesteckt und abgedrückt. Die Waffe hatte seinem Vater gehört, der sie zu demselben Zweck benutzt hatte. Der einzige Abschiedsbrief, den Eliot nach diesem letzten Akt makabrer Symmetrie hinterließ, war eine peinlich genaue Anleitung, wie die Flinte zu reinigen und zu pflegen sei. Er und Lucy hatten keine Kinder. Er war zweiunddreißig Jahre alt geworden.

Eine Woche zuvor waren wir zu dritt einen Aussichtshügel in den Borders hinaufgeklettert, um zu sehen, wie die *Jubilee*-Freudenfeuer in der Dunkelheit entlang der Bergrücken aufflammten wie rote Girlanden. »Ein *bonfire* ist eigentlich gar kein ›gutes‹ Feuer«, erklärte Eliot, »obwohl ich zugeben muß, daß auch das ein Bestandteil des Wortes ist. Ursprünglich wurde das Feuer aber mit *bones* gemacht, mit Knochen von toten Tieren, aber auch, fi fei fo fum, mit menschlichen Überresten, näm-

lich verkohlten Skeletten, meine Lieben, von *yuman beans*, von Menschenwesen.«
Er hatte widerspenstige rote Haare, ein Lachen wie das Geheul einer Eule und war so dürr wie ein Hexenbesen. Da wir im fröhlichen Schattenspiel des Feuerscheins allesamt geisteskrank aussahen, fiel es uns nicht schwer, seine hohlen Wangen, das pantomimenhafte Hochziehen der Augenbrauen und das Glitzern des Wahnsinns in seinen Augen zu übersehen. Wir standen dicht an den Flammen, und Eliot erzählte Schauergeschichten von Hexensabbatfeiern, die hier stattgefunden haben sollen, bei denen urintrinkende Hexenmeister in schwarzen Umhängen alle Teufel der Hölle heraufbeschworen. Wir kippten Brandy aus seinem silbernen Flachmann und erschauerten geziemend. Doch war er auch persönlich einem Dämonen begegnet, und seit jenem Tag befanden Lucy und er sich auf der Flucht. Sie hatten ihr Spukhaus, eine winzige Hütte am Portugal Place in Cambridge, verkauft und waren in das triste, nach Schafen stinkende Waliser Cottage gezogen, das sie (mit Galgenhumor) Crowley End nannten.
Es hatte nichts geholfen. Während wir bei Eliots Geistergeschichten spitz aufschrien, wußten wir, daß der Dämon die Nummer seines Autokennzeichens verfolgt hatte und daß er ihn nicht nur jederzeit auf seiner Geheimleitung anrufen konnte, sondern auch seine neue Privatadresse entdeckt haben mußte.

»Bitte, komm schnell!« hatte Lucy gesagt, als sie mich anrief. »Sie haben ihn erwischt, wie er mit hundertfünfzig Sachen als Geisterfahrer auf der Schnellstraße fuhr; dabei trug er eine von diesen Schlafmasken vor den Augen.« Sie hatte eine Menge für ihn aufgegeben; ihren Job bei einer Londoner Sonntagszeitung hatte sie gekündigt und sich mit einem Provinzblättchen zufriedengegeben, weil er wahnsinnig geworden war und sie in seiner Nähe bleiben mußte.

»Werde ich inzwischen geduldet?« erkundigte ich mich.

Eliot hatte sich eine Verschwörungstheorie ausgedacht, nach der sich die meisten seiner Freunde als Agenten feindlicher Mächte, irdischer wie außerirdischer, entpuppten. Ich selbst war ein Eindringling vom Mars, eines von jenen gefährlichen Wesen, die Großbritannien infiltriert hatten, nachdem gewisse grundlegende Wachsamkeitsvorkehrungen vernachlässigt worden waren. Da die Marsmenschen eine besondere Begabung für Mimikry besaßen, vermochten sie *yuman beans* davon zu überzeugen, daß sie *beans* vom selben Schlag waren, und natürlich vermehrten sie sich wie die Fruchtfliegen auf einem Haufen faulender Bananen.

Über ein Jahr lang, während dieser Marsmenschenphase, hatte ich ihn nicht besuchen dürfen. Lucy ließ mir telefonische Bulletins zukommen: einmal wirkten die Medikamente, dann wirkten sie nicht, weil er sich weigerte, sie regelmäßig zu

nehmen; es schien ihm besserzugehen, solange er nicht zu schreiben versuchte, und es schien ihm schlechterzugehen, weil ihn das Nicht-Schreiben in tiefe Depressionen stürzte; er war passiv und antriebslos, er tobte und wurde gewalttätig; er war erfüllt von Schuldgefühlen und Verzweiflung.
Ich fühlte mich hilflos; wie das so ist.

Wir befreundeten uns während meines letzten Jahres in Cambridge, als ich gerade eine anstrengende Affäre mit einer Studentin namens Laura hatte, bei der wir uns ständig trennten und wieder versöhnten. Sie schrieb ihre Abschlußarbeit über James Joyce und den französischen *nouveau roman*, und ihr zuliebe quälte ich mich zweimal durch »Finnegans Wake« sowie durch das meiste von Sarraute, Butor und Robbe-Grillet. Von romantischen Gefühlen übermannt, kletterte ich eines Nachts aus dem Fenster ihrer Wohnung in der Chesterton Road, balancierte waghalsig auf dem Sims und erklärte, ich würde erst wieder hereinkommen, wenn sie verspreche, meine Frau zu werden. Am folgenden Morgen rief sie bei ihrer Mutter an, um diese davon in Kenntnis zu setzen. Nach langem Schweigen antwortete Mummy: »Er ist bestimmt ein sehr netter Junge, Liebling, aber könntest du dir nicht jemanden suchen, der ... na ja, du weißt schon ... besser zu dir paßt?«
Laura fühlte sich von dieser Frage gedemütigt. »Was meinst du mit ›besser zu mir paßt‹?« schrie sie ins Telefon. »Einen Joyce-Spezialisten? Einen

Mann, der ein Meter fünfundsechzig groß ist? Eine Frau?«

In jenem Sommer jedoch betrank sie sich auf einer Hochzeit, riß mir die Brille vom Gesicht, zerbrach sie, griff sich zum Entsetzen des Brautpaares das Messer für die Hochzeitstorte und erklärte mir, wenn ich je wieder in ihre Nähe käme, werde sie mich in Stücke hacken und auf Parties als Schaschlik servieren. Also stolperte ich kurzsichtig davon und stieß mehr oder weniger mit einer anderen Frau zusammen, einer grauäugigen, mit einer Großmutterbrille bewaffneten Mit-Ausländerin namens Mala, die sich, ohne zu lachen, freundlich erbot, mich nach Hause zu fahren, da »Ihre Sehfähigkeit vorübergehend vermindert zu sein scheint«. Erst nachdem wir verheiratet waren, erfuhr ich, daß diese ernsthafte, ruhige Mala, Nichtraucherin, Nichttrinkerin, Vegetarierin, die drogenfreie, einsame Mala von Mauritius, die Medizinstudentin mit dem Gioconda-Lächeln, von Eliot Crane in meine Richtung gesteuert worden war.

»Er möchte dich sehen«, sagte Lucy am Telefon. »Er scheint sich jetzt keine so großen Sorgen mehr wegen der Marsmenschen zu machen.«

Mit einer roten Decke über den Knien saß Eliot am offenen Kaminfeuer. »Ahoo! Der Raumfeind-Boyoo!« rief er mit breitem Grinsen und hob, halb zum Willkommen, halb als gespielte Kapitulationsgeste, beide Arme über den Kopf. »Setz dich, setz dich, du alter glotzäugiger Adlatus, und trink ein Glas, bevor du deine bösen Gelüste an uns ausläßt, ja?«

Lucy ließ uns beide allein, und er sprach ruhig und offensichtlich sachlich über die Schizophrenie. Es war schwer zu glauben, daß er vor kurzem erst als Geisterfahrer mit einer Binde vor den Augen auf einer Schnellstraße angetroffen worden war. Wenn ihn der Wahn überkomme, erklärte er, beginne er zu »bellen« und sei zu den wildesten Exzessen fähig. Zwischen den Anfällen sei er jedoch »absolut normal«. Er sei zu der Einsicht gekommen, erklärte er, daß es kein Stigma bedeute, endlich zu akzeptieren, daß man wahnsinnig sei: daß der Wahnsinn eine Krankheit wie alle anderen sei, *voilà tout.*

»Ich bin auf dem Wege der Besserung«, behauptete er zuversichtlich. »Ich habe wieder angefangen zu arbeiten, an dem Owen-Glendower-Buch. Es läuft wunderbar, solange ich mich von dem okkulten Zeug fernhalte.« (Er war Autor einer zweibändigen wissenschaftlichen Studie über offene und geheime Okkultistengruppen im Europa des neunzehnten und zwanzigsten Jahrhunderts mit dem Titel »Die Harmonie der Sphären«.)

Er senkte die Stimme. »Ganz unter uns, Khan: Ich arbeite außerdem an einem ganz einfachen Mittel gegen die paranoide Schizophrenie. Ich korrespondiere mit den besten Wissenschaftlern des Landes. Du kannst dir nicht vorstellen, wie tief beeindruckt die Leute sind. Alle sind sich darin

lich. Aber wegen seiner hohen Intelligenz schloß ich mich seiner Selbsteinschätzung an. »Bin eben offen für alles«, behauptete er. »›Mehr Ding' im Himmel und auf der Erde ... Horatio‹, und so fort.« Wie er das sagte, klang es absolut vernünftig, ein Spukhaus ohne Rücksicht auf finanzielle Verluste so schnell wie möglich zu verkaufen.

Wir waren äußerst merkwürdige Freunde. Ich liebte die Hitze, er hatte es lieber grau und feucht. Ich trug einen Zapata-Schnauzbart und schulterlange Haare, er kleidete sich in Tweed und Cord. Ich interessierte mich für alternatives Theater, Beziehungen zwischen den Rassen und Antikriegsproteste, er verbrachte seine Wochenenden in der Gesellschaft von Landhausbesitzern mit dem Töten von Säugetieren und Vögeln. »Gibt nichts Besseres, um die Stimmung zu heben«, zog er mich auf, »als unseren bepelzten und gefiederten Freunden das Lebenslicht auszupusten und damit zur Aufrechterhaltung der Nahrungskette beizutragen. Fabelhaft!« Am Tag nach Edward Heath' Wahlsieg von 1970 – »Lebensmittelhändler wird Cabinet Maker«[1], lautete eine Schlagzeile – gab er eine Party, und das einzige lange Gesicht dort war das meine.
Wer weiß, was Menschen zu Freunden macht? Irgend etwas an der Art, wie sie sich bewegen. An der Art, wie sie falsch singen.

[1] cabinet maker: engl. Tischler

In Eliots und meinem Fall aber weiß ich den Grund. Es war die gute alte Schwarze Magie. Weder Liebe noch Schokolade: die »heimliche Kunst«. Wenn ich die Erinnerung an Eliot nicht loswerde, so vielleicht, weil ich weiß, daß die verführerischen Arkana, die Eliot Crane in den Wahnsinn getrieben haben, fast auch mich eingefangen hätten. Pentagramme, Illuminaten, Maharishi, Gandalf; die Nekromantie gehörte zum Zeitgeist, zur inoffiziellen Sprache der Gegenkultur. Von Eliot lernte ich die Geheimnisse der Großen Pyramide, die Mysterien des Goldenen Schnittes und die letzten Finessen der Spirale. Er erzählte mir von Mesmers Theorie des animalischen Magnetismus (»Eine geheimnisvolle Kraft existiert zwischen den Himmelskörpern, der Erde und allen Lebewesen. Das Medium dieser Kraft ist ein unvergleichlich subtiles Fluidum, das von allem ausgestrahlt wird. Es unterliegt mechanischen Gesetzen, mit denen wir noch nicht vertraut sind«) und den »vier Trancen« des japanischen Spiritualismus: *Muchu,* das heißt Ekstase oder Verzückung; *Shissi, Konsui-Jotai* oder Koma; *Saimin-Jotai,* ein Hypnosezustand; und *Mugen no Kyo,* eine Phase, in der die Seele den Körper hinter sich lassen und in der Welt der Mysterien umherwandern kann. Durch Eliot lernte ich bemerkenswerte Menschen kennen, oder wenigstens ihre Gedanken: G. I. Gurdjieff, den Autor von »Beelzebubs Erzählungen« und Guru von Aldous Huxley, Katherine Mansfield, J. B. Priestley und anderen; sowie Raja Rammohun Roy mit seinem

»Brahmo Samaj«, diesem mutigen Versuch, eine Synthese von indischem und englischem Denken zu finden.
Unter der zwanglosen Anleitung meines Freundes studierte ich Numerologie und Handlesekunst und prägte mir eine indische Zauberformel zum Fliegen ein. Ich lernte Sprüche, mit denen man den Teufel, den *Shaitan,* beschwören kann, und wie man jenes Zeichen malt, mit dem man das Untier 666 bannt.
In meiner Heimat, aus der das Wort stammt, hatte ich nie viel Zeit für Gurus, aber genau das war Eliot, muß ich hier errötend gestehen. In der deutschen Übersetzung ein Mystiklehrer; man spricht das Wort *g'ru* aus.
Lieber Leser: Ich fiel durch. Ich habe niemals *Muchu* erlebt (geschweige denn *Mugen no Kyo*), habe niemals gewagt, die Höllenbeschwörungen auszusprechen oder mich wie ein *Yaquí-brujo*-Lehrling von einer Klippe zu stürzen, um zu fliegen. Ich habe überlebt.

Eliot und mir gelang es, uns gegenseitig zu hypnotisieren. Einmal suggerierte er mir den posthypnotischen Befehl, sobald er das Wort »Bananen« ausspreche, müsse ich mich sofort nackt ausziehen. An jenem Abend, beim Tanz im »Dingwall's Club« mit Mala und Lucy, flüsterte er mir das tückische Obstwort ins Ohr. Dröhnende, einschläfernde Wogen begannen über mich hinwegzurollen, und obwohl ich mir alle Mühe gab, mich dagegen zu

wehren, begannen meine Hände, mich auszuziehen. Als ich den Reißverschluß meiner Jeans öffnen wollte, wurden wir alle vier rausgeschmissen.
»Männer!« sagte Mala mißbilligend, als ich mich am Kanalufer anzog, lauthals fluchte und Eliot blutige Rache schwor. »Vielleicht solltet ihr miteinander ins Bett gehen. Dann könnten wir alle nach Hause fahren und hätten endlich Ruhe.«
War es das? Nein. Möglicherweise. Nein. Ich weiß es nicht. *Nein.*
Welch ein Anblick: das Doppelporträt zweier Selbstbetrüger. Eliot, der Okkultist, der vorgab, Akademiker zu sein, zusammen mit mir, der ich mich, prosaischer ausgedrückt – vielleicht –, halbwegs in okkulter Liebe verloren hatte.
War es das?

Als ich Eliot kennenlernte, war ich gerade selbst außer Tritt geraten: Ich litt an einer Disharmonie meiner persönlichen Sphären. Da war die Laura-Episode, und darüber hinaus eine Anzahl schwieriger Fragen im Hinblick auf Heimat und Identität, von denen ich keine Ahnung hatte, wie ich sie beantworten sollte. Eliots Instinkt im Hinblick auf Mala und mich war eine Antwort, für die ich ihm sehr dankbar war. Die Heimat, stellte sich heraus, das waren, genau wie die Hölle, immer die anderen. Für mich war es, wie sich herausstellte, Mala. Nicht vom Mars, sondern von Mauritius. Sie war in der neunten Generation das Kind von Kontraktarbeitern, die nach dem Exodus der Schwarzen im

Anschluß an das Ende der Sklaverei aus Indien herübergeholt worden waren. Zu Hause – die Heimat war ein kleines Dorf nördlich von Port Louis, und das größte Bauwerk dort war ein kleiner weißer Vishnu-Tempel – hatte die Familie eine abgewandelte Version des indischen Bhojpuri-Dialekts gesprochen, die im Laufe der Jahre so kreolisiert worden war, daß sie für alle außer für Mauritius-Inder so gut wie unverständlich war. Da sie selbst nie in Indien gewesen war, machten mich meine Geburt, meine Kindheit und die ständige Verbindung dorthin in ihren Augen so lächerlich anziehend wie einen Besucher aus Xanadu. *Denn seine Nahrung war Honigseim, Und seinen Durst stillte er mit der Milch des Paradieses.*

Obwohl sie, wie sie es ausdrückte, »von der Wissenschaft« kam, interessierte sie sich für die Schriftstellerei, und es gefiel ihr, daß ich Schriftsteller werden wollte. Sie war sehr stolz auf »Romeo und Julia auf Mauritius«, wie sie Bernardin de St.-Pierres »Paul et Virginie« nannte, und bestand darauf, ich müsse den Roman lesen. »Vielleicht wird es dich beeinflussen«, erklärte sie hoffnungsfroh.

Sie verfügte über die gegen Ekel gefeite Abgebrühtheit und den praktischen Sinn eines Mediziners, und wie alle, die »von der Kunst« kamen, beneidete ich sie um ihre Kenntnisse von der Innenansicht des Menschen. Was ich mir über die Natur des Menschen zusammenreimen mußte, schien sie allem Anschein nach genau zu wissen.

Sie redete nicht viel, aber ich hatte das Gefühl, in ihr meinen Fels in der Brandung gefunden zu haben. Und bei Nacht wogten in ihren Adern die dunklen Gezeiten des Indischen Ozeans.
Was sie jedoch ärgerte, das war offenbar Eliot – und die Tatsache, daß ich ihm so nahestand. Sobald sie als meine Ehefrau etabliert war – unsere Hochzeitsreise ging nach Venedig –, machte sie ihrer Beunruhigung mit dem, was für sie eine größere Ansprache war, Luft: »Dieser ganze Hokuspokus!« begann sie höhnisch und voll naturwissenschaftlicher Verachtung für das Irrationale. »So was von Humbug, großer Gott! Weißt du was? Er taucht viel zu oft hier auf, und das ist einfach nicht gut für dich. Was ist er denn eigentlich? Nichts weiter als ein englischer Wirrkopf. Kapierst du, was ich sagen will, Schriftsteller-Sahib? Ich meine, schön, diese Bekanntschaft gemacht zu haben, et cetera, aber jetzt solltest du die Finger von ihm lassen.«
»Waliser«, korrigierte ich sie erstaunt. »Er ist Waliser.«
»Spielt keine Rolle«, fuhr Doctor (Mrs.) Khan auf. »Die Diagnose trifft trotzdem zu.«

Aber in Eliots riesigem geistigen Lagerhaus mit seinem reichhaltigen Sortiment an »verbotenem Wissen«, das er so großzügig mit anderen teilte, glaubte ich eine alternative Möglichkeit gefunden zu haben für eine Verbindung zwischen dem Hier und dem Dort, zwischen dem einen und dem anderen Anderssein meiner doppelten Nichtzugehörigkeit. In jener Welt der Magie und hypnotischen Kräfte schien es eine Art Fusion der Weltsichten zu geben, europäisch-amer-indisch-orientalisch-levantinisch, an die ich verzweifelt zu glauben versuchte.

Mit Eliots Hilfe hoffte ich ein »verbotenes Ich« schaffen zu können. Die wahrnehmbare Welt, nur noch Zynismus und Napalm, schien ganz und gar ohne Güte und Weisheit zu sein. Das verborgene Reich jedoch, in dem Sufis mit Adepten lustwandelten und große Geheimnisse erahnt werden konnten, würde mich lehren, weise zu sein. Es würde mir – Eliots Lieblingswort – Harmonie schenken.

Mala hatte recht: Er vermochte niemandem zu helfen, der arme Tor; nicht einmal sich selbst. Letztlich kamen ihn seine Dämonen doch noch holen, sein Gurdjieff und Ouspensky, sein Crowley und Blavatsky, sein Dunsany und sein früher Lovecraft. Sie verscheuchten die Schafe von seinem Waliser Hügelhang und bedrohten seinen Verstand.

Harmonie? Noch nie hat man einen so furchtbaren Spektakel gehört wie den Lärm, der in Eliots Kopf tobte. Die Psalmodien von Swedenborgs Engeln, die Kirchenlieder, die Mantras, die tibetanischen Gesänge mit ihren Zwischentönen. Welches menschliche Gehirn hätte sich gegen ein solches Babel wehren können, in dem Theosophen mit

Konfuzianern stritten, Christian Scientisten mit Rosenkreuzlern? Hier priesen Anhänger die Ankunft Lord Maitreyas; dort schleuderten blutsaugende Hexenmeister Flüche. Und siehe, es kamen Millennarier und verkündeten den Weltuntergang; und siehe, Hitler stand auf und schwenkte sein Hakenkreuz, dem er in seiner Ignoranz oder Bösartigkeit den Namen des Symbols des Guten gab: Swastika, Sonnenrad.
In der Menge, die den Kranken von Crowley End bedrängte, war sogar mein persönlicher Liebling Raja Rammohun Roy nur eine der vielen Stimmen eines allgemeinen Kakodämoniums.
Peng!
Und endlich: Stille. *Requiescat in pace.*

Als ich nach Wales zurückkehrte, hatte Lucys Bruder Bill die Polizei und den Bestattungsunternehmer angerufen und heldenhaft stundenlang im Gästezimmer Blut und Gehirn von den Wänden gewaschen. Lucy, die in einem leichten Sommerkleid in der Küche saß und Gin trank, wirkte erschreckend gefaßt.
»Würdest du bitte seine Bücher und Papiere durchsehen?« fragte sie mich in liebenswürdigem und doch distanziertem Ton. »Ich kann das nicht. Vielleicht ist genug Material für das Glendower-Buch da. Irgend jemand könnte es herausgeben.«
Ich brauchte fast eine ganze Woche für die traurige Ausgrabung der unveröffentlichten Gedanken meines dahingegangenen Freundes. Ich spürte,

daß eine Seite umgeblättert wurde: Ich selbst machte damals gerade meine ersten Schritte als Schriftsteller, während Eliot soeben aufgehört hatte, einer zu sein. Obwohl er eigentlich, wie ich herausfand, schon vor Jahren aufgehört hatte, einer zu sein. Ich entdeckte keine Spur – weder von einem Glendower-Manuskript noch von einer anderen ernsthaften Arbeit. Ich fand nur Phantastereien.

Bill Evans hatte drei Teekisten mit Eliots vollgetippten und vollgekritzelten Papieren gefüllt. In diesen Kisten des Deliriums fand ich Hunderte von Seiten theatralischer, sinnloser Obszönitäten sowie unverständliche Beschimpfungen des Universums im allgemeinen. Es gab Dutzende von Notizbüchern, in denen Eliot sich ersatzweise eine persönliche Zukunft im Zeichen außerordentlichen Ruhms und großer Ehren ausmalte, oder andererseits Selbstmitleid-Versionen des Lebens eines verkannten Genies entwarf, das in qualvoller Krankheit oder Mord durch eifersüchtige Rivalen endete – woraufhin natürlich eine reuige Welt, die ihn schlicht ignoriert hatte, seine Größe doch noch anerkannte. Es waren traurige Ergüsse.
Noch schwerer fiel es mir, seine Phantasien über uns, seine Freunde, zu lesen. Zweierlei Grundmuster waren zu erkennen: haßerfüllte und pornographische. Es gab viele bösartige Attacken gegen mich und seitenweise heißen Sex im Zusammenhang mit meiner Frau Mala, »datiert« – ganz zwei-

fellos, um die autoerotische Wirkung zu steigern – auf die Tage unmittelbar nach unserer Eheschließung; und natürlich auf spätere Zeiten auch. Die Abschnitte über Lucy waren widerlich und obendrein schlüpfrig. Nach einer liebevollen Bemerkung durchstöberte ich die Teekisten vergebens. Schwer zu glauben, daß ein so leidenschaftlicher und hingebungsvoller Mann nichts Gutes über das Leben auf Erden zu sagen hatte. Und dennoch war es tatsächlich so.

Ich zeigte Lucy nichts, aber sie las alles von meinem Gesicht ab. »Das war nicht wirklich er, der das geschrieben hat«, versuchte sie mich reflexhaft zu trösten. »Er war krank.«

Und ich weiß, was ihn krank gemacht hat, dachte ich; und schwor mir insgeheim, gesund zu bleiben. Seit damals hat es keinerlei Austausch mehr zwischen der spirituellen Welt und der meinen gegeben. Mesmers »subtiles Fluidum« verflüchtigte sich für immer, während ich mich durch die übelriechenden Teekisten mit den Wahnsinnsausdünstungen meines Freundes wühlte.

Eliot wurde beerdigt, wie er es sich gewünscht hatte. Die Umstände seines Todes hatten zu einigen Schwierigkeiten hinsichtlich des geweihten Bodens geführt, doch Lucys Ungestüm hatte die ortsansässige Geistlichkeit bewogen, ein Auge zuzudrücken.

Unter den Trauergästen befand sich ein konservativer Parlamentsabgeordneter, der mit Eliot zur

Schule gegangen war. »Der arme Elly«, verkündete der Mann mit dröhnender Stimme. »Wir haben uns damals immer gefragt: ›Was wird wohl aus Elly Crane werden?‹ Und ich habe stets geantwortet: ›Der wird entweder etwas halbwegs Anständiges aus seinem Leben machen, oder er wird sich umbringen.‹«

Dieser Gentleman ist gegenwärtig Kabinettsmitglied und steht unter dem Schutz der Special Branch. Ich glaube kaum, daß er sich klar darüber ist, wie nahe er vor langer Zeit, an einem sonnigen Vormittag in Wales, daran war, solchen Schutz vor mir zu benötigen.

Aber sein Grabspruch ist der einzige, an den ich mich erinnere.

Als wir auseinandergingen, reichte mir Lucy die Hand. Wir haben uns nie wiedergesehen. Wie ich hörte, hat sie sich sehr schnell und sehr langweilig wiederverheiratet und lebt im amerikanischen Westen.

Nach Hause zurückgekehrt, hatte ich das Gefühl, sehr lange reden zu müssen. Mala saß da und hörte mir verständnisvoll zu. Schließlich erzählte ich ihr von den Teekisten.

»Du hast ihn durchschaut, heute weiß ich das«, sagte ich heftig. »Du kanntest ihn in- und auswendig. Stell dir mal vor, er war so krank, so verrückt, daß er sich all diese wahnsinnigen Letzte-Tango-Begegnungen mit dir zusammenphantasiert hat. Zum Beispiel kurz nachdem wir aus Venedig zurückgekehrt waren, und während der beiden Tage, als ich allein mit Lucy auf der ›Bougainvillaea‹ war und er gesagt hatte, er müsse zu einem Vortrag nach Cambridge.«

Mala stand auf und kehrte mir den Rücken, und bevor sie etwas sagte, konnte ich ihre Antwort ahnen, konnte spüren, wie diese Antwort in meiner Brust mit einem unerträglich harten Knall explodierte, einem Geräusch, das an das Bersten von verkeilten Baumstämmen in einem Fluß oder von Packeis erinnerte. O ja, sie hatte mich vor Eliot Crane gewarnt, mit der bitteren Leidenschaft einer Denunziantin gewarnt, und ich, überrumpelt von dieser Denunziation, hatte ihre eigentliche Warnung überhört und einfach nicht begriffen, was die Leidenschaft in ihrer Stimme bedeutete.

Dieser Wirrkopf. Er ist nicht gut für dich.

So also geschah es: der Zusammenbruch der Harmonie, die Zerstörung der Sphären meines Herzens.

»Das waren keine Phantastereien«, sagte sie.

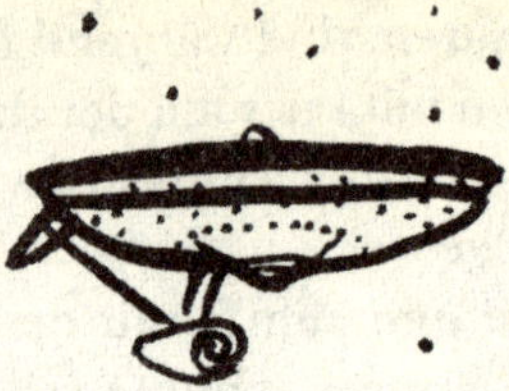

Chekov und Zulu

1

Als Zulu am 4. November 1984 aus Birmingham verschwand, schickte das India House seinen alten Schulfreund Chekov nach Wembley, damit er seiner Frau einen Besuch abstatte.

»*Adaabarz,* Mrs. Zulu. Gestatten, einzutreten?«

»Selbstverständlich, nur herein, Dipty Sahib! Warum förmlich?«

»Tut mir leid, am Sonntag zu stören, Mrs. Zulu, aber hat Zulu-*tho* sich heute vormittag bei Ihnen gemeldet?«

»Bei mir? Seit wann meldet sich auf einer Dienstreise bei mir? Warum Anruf machen, wenn er vermutlich amüsiert?«

»*Whoops,* wunder Punkt, entschuldigen *mich.* Immer schon ein Fettnäpfchentyp gewesen.«

»Dann Sie setzen, trinken Tee-*shee.*«

»Schön eingerichtet, das Haus, Mrs. Zulu, *wah-wah.*

Geschmackvoll, wirklich. Soviel Kristall! Zulu, dieser Gauner, kriegt offenbar zuviel Geld, mehr als meine Wenigkeit, cleverer Bastard.«

»Nein, nein, wie wäre möglich? *Tankha* von stellvertretendem Dipty muß weit über dem von Sicherheitschef liegen.«

»Wollte nicht argwöhnisch sein, *ji.* Wollte nur sagen, Sie müssen gute Ohren für Okkasionen haben.«

»Gibt wohl kleines Problem da, *na?*«

»Wie bitte?«

»He, Jaisingh! Schläfst du? Stellvertretender Dipty Sahib hat Durst auf Tee. Und Kekse, und *jalebi.* Kannst du nicht zwei Sachen im Kopf behalten? Los, los, nun spring schon! Unser Gast wartet.«

»Wirklich, Mrs. Zulu, machen Sie sich keine Umstände!«

»Sind keine Umstände, Diptyji, nur dieser Bursche hier faul geworden, seit von zu Hause gekommen. Tagelang frei, Fernsehen im Zimmer, wird sogar in Pfund Sterling bezahlt, verlangt alles. Bis hierher haben wir mitgenommen, aber keine Dankbarkeit, was soll ich Ihnen sagen, *gar* nichts.«

»Ach, Jaisingh; warum denn? Ausgezeichnete *jalebi,* Mrs. Z.! Vielen Dank!«

Auf dem Fernseher und ringsum auf den Regalen war des verschwundenen Mannes Sammlung von *Star-Trek*-Andenken zu sehen: Captain-Kirk- und Mr.-Spock-Puppen, Raumschiffmodelle: ein Klingonen-Kampfschiff der Raubvogelklasse, ein Romulaner-Schiff, eine Raumstation und natürlich das Raumschiff »Enterprise«. An bevorzugten Plätzen die Figuren zweier Darsteller aus dem Ensemble.

»Die alten Spitznamen von der Doon School«, rief Chekov fröhlich. »Bleiben hängen wie gesprungene Schallplatten. Dumpy, Stumpy, Grumpy, Humpy. Verdrängen unsere richtigen Namen. Uns sind die der furchtlosen Astronauten geblieben.«

»Gefällt mir nicht. Dies ›Mrs. Zulu‹, das an mir hängenbleibt. Klingt fast wie bei einer Schwarzen.«

»Tragen Sie den Namen voll Stolz, Begum Sahib! Wir sind alte Waffenbrüder, Ihr Ehemann und ich; seit der Schulzeit, vielleicht war er so gütig, das zu erwähnen. Tapfere Diplonauten. Unsere x Jahre dauernde Mission, neue Welten und neue Zivilisationen zu erforschen. Sehen Sie, da stehen sie, unsere *alter egos,* auf Ihrem Fernseher! Der Rußki mit den asiatischen Zügen und der Chinese. Nicht die Führer, wie Sie leicht erkennen, sondern die perfektesten Diener, die man sich vorstellen kann. ›Kurs liegt an!‹ ›Grußfrequenzen offen!‹ ›Warp drei!‹ Was wäre dieser eingebildete Captain gewesen, ohne seine ranghöchsten Offiziere? Genau wie bei unserem Staatsschiff Hindustan. Auch wir sind nämlich Diener, genau wie Ihr grimmiger Jaisingh hier. Niemals wichtiger als in Momenten wie der gegenwärtigen bedauerlichen Krise, wenn unter allen Umständen Ruhe bewahrt, *jalebi* serviert und Tee eingeschenkt werden muß. Wir führen nicht, nein, wir ermöglichen. Ohne uns kann kein Kurs angelegt, keine Grußfrequenz geöffnet und kein Warp auf Faktor drei erhöht werden.«

»Steckt er denn in Schwierigkeiten, Ihr Zulu? Als wäre sie nicht schon schlimm genug, diese schreckliche Zeit.«

An der Wand hinter dem Fernseher hing ein gerahmtes, mit einer Girlande geschmücktes Bild von Indira Gandhi. Seit Mittwoch war sie jetzt schon tot. Die Aufnahmen von ihrer Verbrennung waren stundenlang im Fernsehen gezeigt worden. Die Blütenblätter, die hellen, unerträglichen Flammen.

»Schwer zu glauben. Indira*ji*! Da fehlen einem die Worte. Sie war unsere Mutter. *Hai, hai!* Niedergemäht in der Blüte ihrer Jahre.«

»Und im Radio-TV kommen so viele Geschichten über Vorgänge in Delhi. So viele Morde, Dipty Sahib. So viele von unseren anständigen Sikh-Leuten umgebracht. Tragen doch nicht alle die Schuld an den Verbrechen von ein, zwei schurkischen Leibwächtern.«

»Die Sikh-Gemeinde galt immer als der Nation treu ergeben«, sinnierte Chekov. »Rückgrat der Armee, ganz zu schweigen vom Taxidienst in Delhi. Superbürger, könnte man sagen, offenbar mit der nationalen Idee verheiratet. Doch diese Ideen werden heute in Frage gestellt, das müssen Sie zugeben; es gibt Leute, die Kamm, Fußreif, Dolch et cetera als Zeichen des Feindes im Innern auslegen.«

»Wer würde es wagen, solche Dinge über uns zu sagen? Etwas so Böses?«
»Ich weiß, ich weiß. Aber nehmen wir mal Zulu. Der heikle Punkt ist, daß er sich, soweit wir wissen, nicht auf einer offiziellen Dienstreise befindet. Er ist sozusagen von der Bildfläche verschwunden, Begum Sahib. Unerlaubte Entfernung von der Truppe, seit dem Attentat. Über zwei Tage lang kein Kontakt mehr.«
»O Gott!«
»In der Zentrale sind manche der Meinung, daß er sich der Bande angeschlossen haben könnte. Die höchstwahrscheinlich schon seit langem eine Verbindung mit der Gemeinde hier etabliert hat.«
»O Gott!«
»Natürlich kämpfe ich energisch gegen die Verfechter dieser Einstellung. Doch seine Abwesenheit wirkt sich vernichtend aus, das müssen Sie einsehen. Wir haben keine Angst vor diesen schäbigen Khalistan-*wallahs.* Aber sie können sehr unbarmherzig sein. Und bei Zulus Insider-Wissen und seinem Sicherheits-Background ... Diese Leute haben weitere Überfälle angedroht, wie Sie wissen. Wie Sie wissen müßten. Wie Sie, das meinen manche, nur allzu gut wissen müßten.«
»O Gott!«
»Es wäre möglich«, fuhr Chekov fort und kaute seine *jalebi,* »daß Zulu mutig so weit gegangen ist, wie noch kein indischer Diplonaut zuvor.«
Die Ehefrau weinte. »Selbst diesen idiotischen Namen sprechen Sie nie richtig aus. Man schreibt ihn

mit S. ›Sulu.‹ So viele, viele Folgen hab ich mir ansehen müssen – glauben Sie vielleicht, da wüßte ich so was nicht? Kirk Spock McCoy Scott Uhura Chekov *Sulu.*«

»Aber Zulu ist ein treffenderer Name für jemanden, den manche für einen wilden Mann halten«, widersprach Chekov. »Für einen angeblichen Wilden. Für einen mutmaßlichen Verräter. Ich danke Ihnen für den ausgezeichneten Tee!«

2

Im August hatte Zulu, ein schüchterner, stämmiger Riese, Chekov von der Maschine aus Delhi abgeholt. Mit seinen dreiunddreißig Jahren war Chekov ein kleiner, zierlicher, adretter Mann in grauen Flanellhosen, Hemd mit gestärktem Kragen und einem zweireihigen, marineblauen Blazer mit Messingknöpfen. Da er Augenbrauen wie Fledermausflügel und ein vorspringendes, kampflustiges Kinn hatte, kamen seine kultivierte Ausdrucksweise und seine normalerweise leise Stimme recht überraschend und entwaffnend für all jene, die von Augenbrauen und Kinn dazu verleitet worden waren, einen weit aggressiveren Menschen zu erwarten. Er war ein Karrieretyp und hatte eine kleinere Botschaft bereits abgehakt. Der stellvertretende Numero-Zwei-Job in London, der allerdings nur vorübergehend sein sollte, war die vorläufig letzte Feder an seinem Hut.

»Heda, Zools! Jahre ist es her, jawohl, Jahre!« rief Chekov und klatschte dem anderen die flache Hand vor die Brust. »Nanu«, fuhr er dann fort, »wie ich sehe, bist du jetzt auch unter die Haarigen gegangen.« Der junge Zulu war, was die Haare betraf, ein moderner Sikh gewesen und hatte mit achtzehn zwar einen bildschönen Schnurrbart, aber keinen Vollbart getragen, und das Haupthaar hatte er sich schneiden lassen, statt es in langen Strähnen unter einem Turban fest um den Kopf zu wickeln. Jetzt jedoch schien er zur Tradition zurückgekehrt zu sein.

»Hallo, *ji*«, begrüßte Zulu ihn vorsichtig. »Dann ist es also okay, die alte Anrede zu benutzen?«

»Benutze nur! Welche denn sonst?« Damit reichte Chekov Zulu seine Taschen und den Gepäckschein. »Ganz im Geist der alten ›Enterprise‹ und so.«

In seinem öffentlichen Leben ein durchaus weltgewandter Mann, genoß es Chekov im Privatleben, wenn er die offizielle Maske fallen ließ, sich gelegentlich auf interkulturellem Gebiet so richtig schön aufzuregen. Kurz nach dem Antritt seines neuen Postens saß er mit Zulu einmal zur Mittagszeit auf einer Bank in den Embankment Gardens und deutete mit einer Kopfbewegung auf die verschiedenen Passanten.

»Gauner«, sagte er *sotto voce.*

»Wo?« rief Zulu und sprang sportlich auf. »Soll ich hinterher?«

Schon drehte man sich nach ihnen um. Chekov packte Zulu am Jackettsaum und zog ihn auf die Bank zurück. »Spiel nicht den Helden!« warnte er ihn freundschaftlich. »Ich meine alle, ganz allgemein; Diebe, einer wie der andere. Großer Gott, ich liebe London! Theater, Ballett, Oper, Restaurants! Den Pavillon im Lord's-Stadion beim Test Match am Sonnabend! Die königlichen Enten auf dem königlichen Teich im königlichen St. James's Park! Anständige Herrenschneider, ein anständiger Mixed grill, wann immer man Appetit darauf hat, anständige Magazine zum Lesen! Ich sehe die Überreste einstiger Größe und gebe offen zu, daß ich beeindruckt bin. Athenaeum, Buck House, die Löwen auf dem Trafalgar Square.

Verdammt eindrucksvoll. Einmal hab' ich mich mit dem Junior-Minister im F. & C. O. getroffen und sofort gemerkt, daß ich im alten India Office war. Überall das schwarze Teakholz der John Company, überall dicke Stoßzähne auf alten Bücherregalen. Hat mich ganz schön mitgenommen. Man kann sie nur zu ihrem Erfolg beglückwünschen: hurra! Aber dann seh' ich mir mein eigenes Haus an und muß feststellen, daß es von Einbrechern ausgeraubt wurde. Ich kann nicht verhehlen, daß da ein Bodensatz von Groll in mir nagt.«

»Tut mir leid, dein Verlust«, entgegnete Zulu und zog die Brauen zusammen. »Aber die Schuldigen sind doch bestimmt nicht hier zu finden.«

»Zulu, Zulu, das ist eine Redewendung, du Einfaltspinsel von einem Kriegsfürsten! Ihre Museen sind vollgestopft mit unseren Schätzen, hab ich gemeint. Ihre Vermögen, ihre Städte – alles gegründet auf der Beute, die sie uns abgenommen haben. Und so weiter, und so fort. Man verzeiht, natürlich; das liegt in unserem Nationalcharakter. Aber vergessen muß man nicht.«

Zulu deutete auf einen Penner, der in zerlumptem Hut und Mantel auf der Nachbarbank schlief. »Hat der uns auch bestohlen?« fragte er.

»Vergiß niemals«, dozierte Chekov mit erhobenem Zeigefinger, »daß die britische Arbeiterklasse um ihres Vorteils willen am Kolonialprojekt mitgearbeitet hat. Die Baumwollarbeiter von Manchester unterstützen zum Beispiel die Vernichtung unserer Baumwollindustrie. Als Diplomaten dürfen wir derartige Fakten nicht außer acht lassen; denn Fakten sind und bleiben sie nun mal.«

»Aber dieser Bettler da gehört nicht zur Arbeiterklasse«, wandte Zulu zu Recht ein. »Der ist bestimmt keiner von den Unterdrückern.«

»Zulu«, entgegnete Chekov verzweifelt, »gib dich nicht so scheißverdammt schwierig.«

Als Chekov und Zulu auf dem Serpentine-See im Hyde Park Boot fuhren, kam Chekov wieder auf sein Steckenpferd zu sprechen. »Sie haben uns bestohlen«, erklärte er und legte sich, Kreissäge auf dem Kopf und Champagner in der Hand, in die gestreiften Kissen zurück, während der starke Zulu ruderte. »Und nun stehlen wir uns eben, was uns zusteht, wieder zurück. Das ist wie mit den Elgin Marbles.«

»Du solltest nicht so unzufrieden sein«, sagte Zulu, der die Riemen einholte und Cola kippte. »Du solltest nicht so gierig sein, und nicht so mürrisch. Sieh dir doch an, was du alles hast! Wirklich genug. Gib Ruhe und genieße es! Ich habe weniger, aber für mich reicht's. Die Sonne scheint, was brauchen wir mehr? Die Kolonialzeit ist ein abgeschlossenes Kapitel.«

»Jeder, wie er mag«, sagte Chekov. »Bei meinem angeborenen Radikalismus hätte ich nicht Diplomat werden sollen, sondern Terrorist.«

»Aber dann wären wir jetzt Feinde, jeder auf einer anderen Seite«, protestierte Zulu und hatte auf einmal echte Tränen in den Augen. »Gilt dir denn unsere Freundschaft gar nichts? Oder meine Verantwortungen im Leben?«

Chekov kam in Verlegenheit. »Du hast ja recht, Zools, alter Junge! Zu verdammt recht. Du kannst dir nicht vorstellen, wie glücklich ich war, als ich hörte, daß wir hier in London wieder zusammenarbeiten können! Es geht doch nichts über Jugendfreundschaften, eh? Nichts auf der Welt kann sie ersetzen. Und nun hör zu, du großer Tolpatsch, zieh nicht ein so furchtbar langes Gesicht! Das laß ich nicht zu. Ein großer, starker Kerl wie du darf nicht aussehen, als würde er gleich losheulen! Wir sind doch Blutsbrüder, alte Freund, oder? Alle für einen und einer für alle.«

»Blutsbrüder«, bestätigte Zulu mit scheuem Lächeln.
»Also dann vorwärts!« Chekov nickte und legte sich in die Kissen zurück. »Mit Impulsgeschwindigkeit!«

An dem Tag, als Mrs. Gandhi von ihren Sikh-Leibwächtern ermordet wurde, spielten Zulu und Chekov in St. John's Wood auf einem Privatplatz Squash. Nach dem Duschen keuchte im Umkleideraum der vorzeitig ergrauende Chekov, der ein Handtuch um die wabbelig werdenden Hüften trug und seinen von der Erschöpfung geschrumpften, purpurroten Penis nicht zur Schau stellen wollte, noch immer heftig; während Zulu splitternackt und stolz mit dickem Schwanz dastand, seine schöne, lange schwarze Mähne in den Nacken warf, sich die Haare mit femininer Sinnlichkeit striegelte und kämmte und schließlich geschickt zum Knoten schürzte.
»Viel zu gut, Zulu *yaar. Fataakh! Fataakh!* Was für ein Schlag! Zu verdammt gut für mich.«
»Ach, ihr Schreibtischpiloten, *ji*! Ihr verliert allmählich den Drive. Früher warst du für alles zu haben.«
»Ja, ja, ich bin auf dem absteigenden Ast. Dabei bist du nur ein Jahr jünger als ich.«
»Ich habe ein gesünderes Leben geführt, *ji* – Taten, keine Worte.«
»Dir ist doch klar, daß wir deinen Namen in den Schmutz ziehen müssen«, sagte Chekov leise.

In Charles-Atlas-Pose drehte sich Zulu langsam vor dem mannshohen Spiegel.

»Es muß aussehen wie der Kraftakt eines Einzelgängers. Falls irgendwas schiefgeht, wird alles geleugnet. Selbst deine Frau darf die Wahrheit nicht mal *erahnen.*«

Arme und Beine weit gespreizt, bildete Zulu mit seinem Körper ein Riesen-X und streckte sich, so weit es nur ging. Dann stand er auf einmal stramm.

Chekov klang ein wenig entnervt: »Zools? Was meinst du?«

»Ist der Transporter bereit?«

»Nun komm schon, *yaar,* hör auf, rumzuarschen!«

»Bei allem Respekt, Mister Chekov, Sir, es ist *mein* Arsch. Also dann: Ist der Transporter bereit?«

»Transporter bereit. Sir.«

»Also dann: Energie!«

Chekovs Memorandum, Top Secret und »persönlich«, adressiert an JTK (James T. Kirk):

Empfehle dringend, Operation Star Trek abzubrechen. Einen Föderationsangestellten klingonischer Abstammung als Spion unbewaffnet in eine klingonische Einheit einzuschleusen ist die gröbste Form eines Loyalitätstests. Der in Frage stehende Agent hat niemals eine ideologische Abweichung irgendwelcher Art erkennen lassen und hat das nicht verdient, selbst in dem gegenwärtigen Klima von Chaos, Hysterie und Angst. Falls es ihm nicht gelingt, die Klingonen von seiner Aufrichtigkeit zu überzeugen, ist zu erwarten, daß ihm Schlimmes zustößt. Diese Leute sind keine Geiselnehmer.

Das gesamte Unternehmen ist falsch konzipiert. Die örtlich angesiedelte klingonische Bevölkerung ist nicht das zentrale Problem. Selbst wenn wir Erfolg hätten, wären Informationen über wichtigere Personen in der Heimat ganz eindeutig von zweifelhafter Zuverlässigkeit und daher von begrenztem Wert. Wir sollten dem Sternenflotten-Kommando raten, sich umgehend mit den Problemen und Wünschen der Klingonen zu befassen. Wenn diese nicht offen und ehrlich behandelt werden, wird es keinen bleibenden Frieden geben.

Antwort von JTK:

Ihre Freundschaft mit der betreffenden Person entschuldigt das, was ansonsten im Hinblick auf die Volksgruppe ein hochexplosives Dokument wäre. Es ist nicht Ihre Aufgabe, die nationalen Interessen zu definieren oder zu bestimmen, welche Undercover-Maßnahmen zu ergreifen sind. Ihre Aufgabe ist es, derartige Operationen zu ermöglichen und jedwede Unterstützung zu sichern, wie und wann es von Ihnen verlangt wird. Als persönliche Gefälligkeit Ihnen gegenüber und im Namen meiner langen Freundschaft mit Ihrem verehrten Papaji habe ich Ihre Meldung vernichtet, ohne eine Kopie zu machen, und empfehle Ihnen, das gleiche zu tun. Vernichten Sie auch dieses Schreiben.

Chekov bat Zulu, ihn zu einer »Coriolanus«-Aufführung nach Stratford zu fahren.

»Wie viele Kinderchen inzwischen? Drei?«

»Vier«, antwortete Zulu. »Alles Jungen.«

»Gott sei's gedankt. Sie muß eine gute Frau sein.«

»Ich hab ein volles Herz«, sagte Zulu mit plötzlich

aufwallendem Gefühl, »ein volles Haus, einen vollen Bauch, ein volles Bett.«

»Da kannst du aber von Glück sagen«, erwiderte Chekov. »Du warst schon immer heißblütig. Ich dagegen nie. Reptilien, bestimmte Dinosaurierarten und ich. Ich bin übrigens auf der Suche. Nach einer Frau, meine ich, falls du passende Kandidatinnen kennst. Unverheiratet zu sein ist von einem gewissen Zeitpunkt an ein Hindernis für die Karriere.«

Zulu fuhr seltsam. Als sie sich auf der langsamen Fahrspur der Autostraße einer Ausfahrt näherten, beschleunigte er bis auf einhundert Meilen pro Stunde. Sobald die Ausfahrt hinter ihnen lag, wurde er wieder langsamer. Chekov fiel auf, daß er ständig Tempo und Fahrspur wechselte. »Hat deine alte Klapperkiste keinen Tempomat?« erkundigte er sich. »Eine derartige Fahrweise, mein Freund, würde sich auf der Brücke des Flaggschiffs der intergalaktischen Föderation nicht besonders gut ausnehmen.«

»Anti-Überwachung«, erklärte Zulu. »Chemische Reinigung.«

Chekov warf einen beunruhigten Blick durch die Heckscheibe. »Sind wir denn etwa aufgeflogen?«

»Kein Grund zur Sorge«, antwortete Zulu grinsend. »Vorsicht ist die Mutter der Porzellankiste, nichts weiter. Man sollte immer auf das Schlimmste gefaßt sein.«

Chekov lehnte sich beruhigt zurück. »Du hast dich schon immer gern mit Spiel und Sport befaßt«, sagte er. Zulu war ein hervorragender Sportschütze gewesen, der beste Ringer der ganzen Schule sowie ein erstklassiger Fechter. »Bei jeder Schlußfeier«, sagte Zulu, »hab ich in der Aula gesessen und geklatscht, während du dir oben sämtliche Preise abgeholt hast. Den Preis für Englisch, den Preis für Geschichte, den Preis für Latein, den Klassenpreis. Applaus, Applaus, Applaus, ein Semester ums andere, ein Jahr ums andere. Aber jetzt habe ich auch ein Gebiet, auf dem ich Experte bin.«

»Einen hervorragenden Ruf hast du dir erworben, wenn man nach dem geht, was man so hört.«

Beide schwiegen. England raste an ihnen vorbei.

»Magst du Tolkien?« fragte Zulu.

»Ich hätte dich nie für einen Büchermenschen gehalten«, gab Chekov verwundert zurück. »Nichts für ungut.«

»J. R. R. Tolkien«, erklärte Zulu. »›Der Herr der Ringe‹.«

»Möchte nicht behaupten, daß ich den Gentleman gelesen hab. Gehört hab ich natürlich von ihm. Elfen und Kobolde. Eigentlich gar nicht dein Geschmack, würde ich sagen.«

»Es geht um den Krieg zwischen Gut und Böse«, erklärte Zulu eindringlich. »Und während dieser Krieg geführt wird, weiß in einem Teil der Welt, dem Shire, niemand etwas davon, daß irgendwo gekämpft wird. Die Hobbits, die dort leben, arbeiten, streiten und amüsieren sich, ohne eine be-

schissene Ahnung zu haben – weder von den Mächten, von denen sie bedroht werden, noch von den anderen, die ihnen die Haut zu retten versuchen.« Sein Gesicht war puterrot vor Erregung.
»Womit du vermutlich mich meinst«, warf Chekov ein.
»Ich bin Soldat in diesem Krieg«, fuhr Zulu fort. »Wenn man aber in einem Büro sitzt, hat man nicht die geringste Ahnung davon, wie die wirkliche Welt aussieht. Die Welt des Handelns, *ji.* Die Welt der Taten, der Dinge, die getan und möglicherweise auch ungeschehen gemacht werden. Die Welt von Leben und Tod.«
»Nur im allerschlimmsten Fall«, wandte Chekov ein.
»Sage ich dir, wie du mit deinem aalglatten Geschwätz den Leuten den Hintern einseifen sollst?« fuhr Zulu auf. »Also versuch mir nicht vorzuschreiben, wie ich meine Arbeit ausführen soll.«
Soldaten, die in die Schlacht ziehen, putschen sich auf, das wußte Chekov. Diese Brusttrommelei war zu erwarten, man durfte sie nicht fehlinterpretieren. »Wann machst du dich aus dem Staub?« erkundigte er sich ruhig.
»Chekov*ji,* das wirst du niemals erleben, daß ich mich aus dem Staub mache.«
Sie näherten sich Stratford. »Wußtest du, *ji*«, fuhr Zulu fort, »daß die Landkarte von Tolkiens Mittel-Erde ziemlich genau auf Mittelengland und Wales paßt? Vielleicht liegen alle Märchenländer genau hier, in unserer Mitte.«

»Welch ein Tiefgang, alter Zools!« gab Chekov zurück. »Heute steckst du bis oben hin voller Erkenntnisse.«

Chekov hatte ein paar Leute zum Dinner in seine moderne Residenz in einer Villenstraße von Hampstead geladen: einen »very big businessman«, den er umwarb, Journalisten, die er mochte, prominente Indien-Fans sowie bekannte nicht ansässige Inder. Die Parole hieß: alles ganz normal. Nichts durfte darauf hindeuten, daß das furchtbare Ereignis das Staatsschiff vom Kurs abgebracht haben könnte; dessen neuer Kapitän, sinnierte Chekov, selbst ein ehemaliger Pilot war. Als sei ein Sulu oder ein Chekov plötzlich auf den Platz des Skippers katapultiert worden.

Verdammt schwierig, das alles, ohne Ehefrau als Gastgeberin, grollte er insgeheim. Die teuersten goldenen Teller mit dem vielköpfigen Löwen in der Mitte, das feinste Kristall, die Speisenfolge, die Weine. Vom India House war Personal abgestellt worden, das ihm beistand, aber das war nicht dasselbe. Der Keim eines gelungenen Abends steckte, wie Gott, im Detail. Chekov half, wo es ging, und war nervös.

Der Abend verlief sehr gut. Beim Brandy wagte Chekov dem Gespräch sogar eine etwas düsterere Note zu geben. »England war schon immer eine Brutstätte für unsere Revolutionäre«, behauptete er. »Was wäre Pandit Nehru wohl ohne Harrow gewesen? Was wäre Gandhi*ji* ohne seine prägenden Erfahrungen hier? Selbst die Idee Pakistan wurde in diesem Land von jungen Radikalen an Colleges ausgebrütet, in einem Land, das wir damals als Mutterland zu betrachten angehalten wurden. Nun, da Englands Status gesunken ist, erscheint es mir nur logisch, daß es mit der Qualität der Revolutionäre, die es ausbrütet, ebenfalls bergab geht. Diese Kashmiris! Nicht die geringste Hoffnung. Und diese Khalistan-Typen, die sollen ja nicht glauben, daß ihre Bluttat sie ihrem Traum auch nur um einen Tag näher gebracht hat. Im Gegenteil. Im Gegenteil. Wir werden sie mit den Wurzeln ausrotten und sie – wie sagt man doch gleich? – in tausend Stücke zerreißen.«

Zu seiner eigenen Überraschung hatte er die Stimme erhoben und war aufgestanden. Nun setzte er sich abrupt wieder hin und lachte laut. Der Augenblick ging vorüber.

»Das Komische an diesem verflixten Spitznamen, den man mir angehängt hat«, wandte er sich hastig an seine Tischdame, die unwahrscheinlich junge und schöne Ehefrau des über siebzigjährigen »very big businessman«, »ist vermutlich, daß wir damals keine einzige Folge der TV-Serie zu sehen bekamen. Kein Fernseher, in dem man sie sehen konnte, verstehen Sie? Das Ganze war nichts als eine Legende, die ihren Weg von den USA und dem UK bis in unsere reizende Sommerfrische Dehra Dun gefunden hatte.

Nach einiger Zeit erhielten wir ein paar billige Taschenbücher zu dieser Serie, die von Hand zu

Hand gingen, als wären sie unanständige Bücher, wie ›Lady C‹ oder so. Viele von uns legten sich probeweise die Namen zu, aber bei nur zweien blieben sie hängen; vermutlich, weil sie so gut zusammenpaßten und weil wir beide uns so gut verstanden, obwohl er jünger war als ich. Ein lieber Kerl. Und so waren wir eben, genau wie Laurel und Hardy, Chekov und Zulu.«

»Love and Marriage«, sagte die Frau.

»Wie bitte?«

»Sie wissen doch«, sagte sie. *»Go together like a horse and carriage.* Ich liebe diesen alten Song. La-la-la-irgendwas-*brother, You can't have one without the other.*«

»Ach ja, jetzt erinnere ich mich«, sagte Chekov.

3

Drei Monate später rief Zulu seine Frau an.

»O du mein Gott, wo steckst du, bist du tot?«

»Bitte, hör mir zu, meine *bivii*! Hör mir genau zu, mein liebes Weib, meine einzige Liebe!«

»Ja. Okay. Ich bin ruhig. Die Verbindung ist schlecht, jedoch.«

»Ruf Chekov an und sag ihm: Alarmstufe rot.«

»Arré! Was stimmt nicht mit deinem Arm?«

»Bitte: Alarmstufe rot.«

»Ja. Okay. Rot.«

»Sag ihm, die Klingonen könnten Lunte riechen.«

»Klingtonnen könnten riechen. Das bedeutet?«

»Mein Liebling, ich bitte dich!«

»Ich hab alles aufgeschrieben. Mit diesem Bleistift, genau. Beides.«
»Sag ihm, Scotty soll meine Koordinaten anpeilen und mich sofort hochbeamen.«
»So ein Unsinn! Nicht einmal jetzt könnt ihr mit diesem dämlichen Kinderspiel aufhören!«
»*Bivi.* Es ist dringend. *Beam mich rauf!*«

Chekov ließ alles stehen und liegen und fuhr los. Wie verabredet, absolvierte er die »chemische Reinigung«: zweimal umrundete er einen Kreisel, überfuhr rote Ampeln, bog absichtlich falsch ab, stoppte und kehrte um, bog so oft wie möglich richtig ab, um zu sehen, ob ihm jemand im Verkehrsgewühl folgte, und ahmte auf der Autostraße Zulus Fahrtechnik nach. Als er weitgehend sicher war, daß er keine Verfolger hatte, steuerte er den Treffpunkt an. Len Deighton würde Augen machen, dachte er, und le Carré dazulernen.

Er bog von der Autostraße ab und hielt auf einem Rastplatz. Ein Mann trat unter den Bäumen hervor. Er wirkte geschniegelt und gebügelt. Es war Zulu.
Chekov sprang aus dem Wagen, umarmte den Freund und küßte ihn auf beide Wangen. Zulus struppiger Schnauzbart kratzte auf seinen Lippen.
»Ich dachte, du hättest vielleicht einen Arm verloren, oder eine Schußwunde, aus der das Blut strömt, oder wenigstens ein blaues Auge«, sagte er. »Statt dessen kreuzt du hier auf wie fürs Theater

angezogen, fehlen nur noch Operncape und Spazierstöckchen.«
»Auftrag ausgeführt«, sagte Zulu und klopfte auf seine Brusttasche. »Alles da drin, und einwandfrei.«
»Und was sollte dann dieser *bakvaas* mit ›Alarmstufe rot‹?«
»Das Szenario für den Extremfall«, antwortete Zulu. »Tritt nicht unbedingt immer ein.«
Im Wagen überflog Chekov Namen, Orte und Daten aus Zulus braunem Kuvert. Die Informationen waren besser, als er es jemals erwartet hätte. Von diesem anonymen Rastplatz in den Midlands fiel das Licht bis auf bestimmte abgelegene Dörfer und Großstadtschlupfwinkel im Punjab. Dort würde es Razzien und, jedenfalls für gewisse Oberschurken, keinerlei Schatten mehr geben, in den man sich verkriechen konnte.
Er stieß einen leisen, bewundernden Pfiff aus.
Zulu, auf dem Beifahrersitz, senkte den Kopf. »Fahr lieber los«, mahnte er. »Fordere das Schicksal nicht heraus!«
Durch die Mittel-Erde fuhren sie nach Süden.
Kurz nachdem sie von der Autostraße abgebogen waren, sagte Zulu: »Übrigens, ich höre auf.«
Chekov hielt den Wagen an. Durch eine Lücke in der Häuserzeile links waren die beiden Türme des Wembley-Stadions zu sehen.
»Was soll das heißen? Haben dich die Extremisten etwa umgedreht, oder was?«
»Chekov, *ji,* stell dich doch nicht dumm! Wer

braucht heute noch Extremisten, wenn in Delhi gemordet wird? Hunderte, vielleicht Tausende von Sikh-Männern vor den Augen ihrer Familien skalpiert und lebendig verbrannt. Sogar Halbwüchsige.«

»Das wissen wir.«

»Dann, *ji,* wissen wir auch, wer dahintersteckt.«

»Es gibt nicht den geringsten Beweis«, zitierte Chekov die offiziellen Verlautbarungen.

»Es gibt Augenzeugen und Fotos«, widersprach Zulu. »Das wissen wir.«

»Es gibt Leute«, sagte Chekov bedächtig, »die nach der Sache mit Indira*ji* der Meinung sind, daß die Sikhs nichts anderes verdienen.«

Zulu erstarrte.

»Ich hoffe, du kennst mich besser«, sagte Chekov. »Um alles in der Welt, Zulu, jetzt hör mal zu! Wir beide, unser ganzes verfluchtes Leben lang!«

»Kein Kongreßmitglied wurde angeklagt«, sagte Zulu. »Trotz vieler Beweise für eine Mitschuld. Deswegen höre ich auf. Und du solltest ebenfalls aufhören.«

»Wenn du ein so verdammter Radikalinski geworden bist«, rief Chekov empört, »warum gibst du mir dann überhaupt diese Liste? Warum machst du nicht gleich reinen Tisch?«

»Ich bin ein Sicherheitsdienst-*wallah*«, entgegnete Zulu und öffnete die Wagentür. »Terroristen aller Art sind meine Gegner. Unter gewissen Umständen aber anscheinend nicht die deinen.«

»Steig ein, Zulu, verdammt noch mal!« rief Che-

kov. »Ist dir deine Karriere denn völlig egal? Denk an deine Frau und die vier Kinderchen! Und was ist mit deinen alten Kumpels? Willst du auch mir den Rücken kehren?«
Aber Zulu war schon viel zu weit entfernt.

Chekov und Zulu sahen sich nie wieder. Zulu ließ sich in Bombay nieder, und so, wie in dieser geldreichen Boomtown der Bedarf an wirksamem Schutz auf dem Privatsektor wuchs, wuchsen und gediehen auch seine beiden Firmen Zulu Shield und Zulu Spear. Seine Frau schenkte ihm noch drei Kinder, ebenfalls Jungen, und so ist er bis heute ein glücklicher Ehemann.
Was Chekov betrifft, so hat er niemals geheiratet. Trotz dieses Handicaps war ihm jedoch ein relativ guter Erfolg in seinem Beruf beschieden, und er stieg weiter auf der Karriereleiter nach oben. Eines Tages im Mai 1991 gehörte er jedoch zufällig zum Gefolge von Mr. Rajiv Gandhi, das diesen in das südindische Dorf Sriperumbudur begleitete, wo Rajiv auf einer Wahlversammlung eine Rede halten sollte. Die Sicherheitsvorkehrungen waren lasch, aus gutem Grund. Denn bei der vorangegangenen Wahl hatte Rajiv das Gefühl gehabt, die Maßnahmen zu seiner Sicherheit hätten eine Barriere zwischen ihm und seinem Wahlvolk errichtet. Daher, ordnete er an, müsse den Wählern diesmal das Gefühl vermittelt werden, ihm körperlich nahe zu sein.
Nach den Ansprachen verließ die Gruppe um Rajiv

das Podium. Chekov, der nur wenige Schritte hinter Rajiv ging, sah plötzlich eine kleine Tamilin vortreten. Lächelnd reichte sie Rajiv die Hand, ließ sie aber nicht mehr los. Chekov begriff, warum sie lächelte, und dieses Wissen war so mächtig, daß es die Zeit für ihn stillstehen ließ.

Da die Zeit stillstand, vermochte Chekov einige ganz persönliche Überlegungen anzustellen: Diese Tamilen-Revolutionäre kommen nicht aus England, stellte er fest. Also haben wir endlich gelernt, die Waren in der Heimat zu produzieren, und müssen nicht mehr importieren. *Bang!* Weg mit der alten Dinnerparty-Gesprächskrücke, sozusagen. Und schließlich, ein bißchen weniger ironisch: Die Tragödie ist nicht, wie man stirbt, dachte er, sondern wie man gelebt hat.

Die Szene um ihn herum verschwand, löste sich auf in einer Ansammlung von Licht und wurde ersetzt durch die Brücke des Raumschiffs »Enterprise«. Alle Hauptfiguren waren an ihren angestammten Plätzen. Zulu saß vorn direkt neben Chekov.

»Schutzschilde nicht funktionsfähig«, meldete Zulu. Auf dem Hauptschirm sah man, wie sich das Klingonenschiff enttarnte, um sich zum Feuern bereitzumachen.

»Ein Volltreffer, und wir sind geliefert«, rief Dr. McCoy. »Um Himmels willen, Jim, bring uns hier raus.«

»Unlogisch«, widersprach Spock. »Der Verlust unseres Dilithium-Kristall-Antriebs bedeutet, daß uns

Warp-Geschwindigkeit nicht zur Verfügung steht. Unsere Chance, nur mit Impulskraft den Klingonen zu entkommen, ist praktisch null. Der einzige logische Schritt ist die bedingungslose Kapitulation.«

»Sich einem Klingonen ergeben?« rief McCoy empört. »Sie verdammte, kaltblütige, spitzohrige Rechenmaschine, Sie wissen doch, wie die ihre Gefangenen behandeln!«

»Phaserkanonen leer«, meldete Zulu. »Angriffskapazität gleich null.«

»Soll ich versuchen, mit dem Kommandanten der Klingonen Kontakt aufzunehmen, Sir?« fragte Chekov. »Die können jede Sekunde losfeuern.«

»Danke, Mr. Chekov«, antwortete Captain Kirk. »Ich fürchte, das wird nicht mehr notwendig sein. Diesmal ist der Extremfall wohl das, womit wir uns jetzt abfinden müssen. Halten Sie die Position! Und los geht's!«

»Die Klingonen feuern, Sir«, meldete Zulu ruhig. Chekov ergriff Zulus Hand und hielt sie triumphierend fest, während die tödlichen Lichtkugeln in rasendem Tempo auf sie zukamen.

Der Courter

1

Certainly-Mary war, von Zwergen abgesehen, die kleinste Frau, der der Portier Mixed-Up jemals begegnet war: eine winzige, sechzigjährige indische Dame mit angegrautem Haar, das sie im Nacken zu einem ordentlichen Knoten aufgesteckt hatte, und die nun ihren rot eingefaßten weißen Sari vorn ein wenig schürzte, um die Vortreppe des Wohnblocks zu erklimmen, als wären es die Alpen. »Aber nein«, sagte er laut mit gerunzelter Stirn. Welches wären wohl die richtigen Berggipfel? Ah ja, so hießen sie: »Ghats«, sagte er stolz. Ein Wort aus dem Schulatlas längst vergangener Zeitèn, da man das Gefühl hatte, Indien liege so weit entfernt wie das Paradies. (Heute schien das Paradies in noch größerer Ferne zu

liegen, während Indien – und die Hölle – ein bißchen näher gerückt waren.) »West-Ghats, Ost-Ghats, und nun also Kensington-Ghats«, sagte er kichernd. »Gebirge.«
In der eichengetäfelten Halle blieb sie direkt vor ihm stehen. »Aber *ghats* sind in Indien auch Treppen«, erklärte sie. »O ja, natürlich. Zum Beispiel in Varanasi, der heiligen Stadt der Hindus, wo die Brahmanen sitzen und das Geld der Filger nehmen, heißt Dasashwamedh-*ghat.* Breite, breite Treppe zum Ganga-Fluß hinunter. O ja, aber natürlich! Außerdem Manikarnika-*ghat.* Man kauft Feuer in einem Haus mit einem Tiger, der vom Dach springt – o ja, natürlich, eine Tigerstatue, bunt von Technicolor, was dachten Sie denn? –, und man holt es sich in einer Schachtel, um die lieben Verstorbenen in Brand zu setzen. Totenfeuer sind aus Sandelholz. Fotografieren nicht gestattet; o nein, natürlich nicht.«

Er nannte sie schon seit einiger Zeit bei sich Certainly-Mary, weil sie niemals ganz einfach ja oder nein sagte; immer war da dieses O-ja-natürlich oder O-nein-natürlich-nicht. In dem verwirrten Zustand, in dem er sich befand, seit ihn sein Gehirn und damit das einzige, worauf Verlaß war, im Stich gelassen hatte, konnte er sich kaum noch über etwas sicher sein; um so überwältigter war er von ihrer Gewißheit, anfangs voll Heimweh, dann voll Neid, dann voll Zuneigung. Und Zuneigung war etwas so lange in Vergessenheit Geratenes, daß er, als das Rumoren in ihm begann, noch lange dachte, es müsse von den chinesischen Klößchen herrühren, die er sich aus der Garküche an der High Street geholt hatte.

Englisch zu sprechen fiel Certainly-Mary schwer, und das war auch etwas, das den alten, verwirrten Mixed-Up zu ihr hinzog. Das größte Problem stellte für sie der Buchstabe P dar, den sie in ein F oder ein C verwandelte; wenn sie mit ihrem Weidenkorb auf Rädern durch die Halle kam, sagte sie stets: »Geh nur shocking«, und wenn er sich bei ihrer Rückkehr erbot, ihr beim Hochhieven des Korbes über die Vor-Ghats zu helfen, antwortete sie: »Ach ja, prima.« Trug der Lift sie dann nach oben, rief sie durch das Eisengitter: *»Oé,* Courter! Danke, Courter. O ja, natürlich.« Auf Hindi und Konkani kamen ihre Ps jedoch immer an der richtigen Stelle.)
Und so war er dank ihrer unerwarteten, irgendwie magenumdrehenden Magie nicht mehr der *porter,* der Portier, sondern der Courter. »Courter«, sagte er, sobald sie verschwunden war, vor seinem Spiegel, und sein Atem malte ein kleines, schnell schwindendes Bild des Wortes aufs Glas. Okay. Die Leute nannten ihn so manches, das störte ihn nicht. Aber dieser Name, dieser Courter, der ihr den Hof macht – ganz genau das wollte er sein.

2

Seit Jahren hatte ich mir schon vorgenommen, die Geschichte von Certainly-Mary, unserer *ayah* – der Frau, die ebensoviel dazu beigetragen hatte, meine Schwestern und mich großzuziehen, wie meine Mutter –, und ihrem großen Abenteuer mit ihrem Courter aufzuschreiben. Schauplatz des Geschehens war London, wo wir alle Anfang der Sechziger eine Zeitlang in einem Wohnblock namens Waverley House lebten. Aber wie es eben geht, war ich niemals so recht dazu gekommen.

Nach langem Schweigen hörte ich dann plötzlich wieder etwas von Certainly-Mary. Sie sei jetzt einundneunzig, schrieb sie mir, habe eine schwere Operation hinter sich, und ob ich ihr freundlicherweise vielleicht ein wenig Geld schicken könne, weil ihre Nichte, bei der sie jetzt im Kurla-Viertel von Bombay lebe, peinlicherweise nicht mehr so gut bei Kasse sei.

Ich schickte ihr das Geld und erhielt bald darauf einen liebenswürdigen Brief der Nichte Stella, geschrieben von derselben Hand, von der auch der Brief unserer »Aya« stammte, wie wir Mary aus palindromischen Gründen immer unter Weglassung des h genannt hatten. Aya sei tief gerührt gewesen, schrieb die Nichte, daß ich sie nach all diesen Jahren noch immer nicht vergessen hätte. »Mein ganzes Leben lang«, ging der Brief weiter, »habe ich Geschichten über Sie und Ihre Familie gehört, und daher betrachte ich Sie wohl auch ein bißchen als einen Verwandten. Vielleicht erinnern Sie sich an meine Mutter, Marys Schwester. Leider ist sie schon von uns gegangen. Nunmehr bin ich es, der Marys Briefe schreibt. Wir alle wünschen Ihnen nur das Beste.«

Diese Nachricht von einer vertrauten Fremden erreichte mich in meinem erzwungenen Exil, fern von dem geliebten Land meiner Geburt, und bewegte mich sehr, rührte Dinge auf, die zutiefst begraben gewesen waren. Natürlich regte sich auch mein schlechtes Gewissen, weil ich im Laufe der Jahre so wenig für Mary getan hatte. Was immer auch der Grund war, so erschien es mir jetzt wichtiger denn je, diese Geschichte, die ich schon so lange ungeschrieben mit mir herumtrage, zu Papier zu bringen, die Geschichte von Aya und dem liebenswerten Mann, den sie – mit einem unbeabsichtigten, doch prophetischen romantischen Beiklang – den Courter nannte. Wie ich inzwischen erkannt habe, ist es nicht nur die Geschichte der beiden, sondern auch die unsere, die meine.

3

Sein richtiger Name war Mecir, und das sollte man wie *Mischirsch* aussprechen, denn die Buchstaben einer dieser Sprachen hinter dem Eisernen Vorhang mußten unsichtbare Akzente tragen, wie mir meine Schwester Durré ernsthaft erklärte, und

zwar für den Fall, daß jemand spionieren wollte, oder sie ausradierte oder so. Sein Vorname begann ebenfalls mit einem M, war aber so voller kommunistischer Konsonanten, wie wir sie bezeichneten – all diese Zs und Cs und Ws ohne Vokale zum Luftholen dazwischen –, daß ich nie ernsthaft versucht habe, ihn auswendig zu lernen.
Anfangs erwogen wir, ihn nach einer boshaften kleinen Comic-Book-Figur Mr. Mxyztplk aus der fünften Dimension zu nennen; der sah ein bißchen so aus wie Elmer Fudd und machte Superman das Leben schwer, bis der alte Supe ihn dazu verführte, seinen Namen rückwärts zu buchstabieren, Klptzyxm, woraufhin er blitzartig wieder in die fünfte Dimension entschwand. Doch weil wir nicht ganz sicher waren, wie man Mxyztplk aussprach (ganz zu schweigen von Klptzyxm), ließen wir diese Idee wieder fallen. »Wir nennen Sie ganz einfach Mixed-Up, Durcheinander«, erklärte ich ihm schließlich, um uns das Leben leichter zu machen. »Mischter Miksched-Up Mischirsch.« Damals war ich gerade fünfzehn und platzte vor überschüssiger Sexenergie, was bedeutete, daß ich den Leuten derartige Dinge mitten ins Gesicht sagen konnte, sogar Leuten, die weniger duldsam waren als Mr. Mecir mit seinem Schlaganfall.

Besonders lebhaft erinnere ich mich an seine roten Gummihandschuhe, die er niemals abzulegen schien, wenigstens nicht, bevor er begann, Certainly-Mary seine Besuche abzustatten ... Wie dem auch sei, als ich ihn solchermaßen beleidigte, während meine Schwestern Durré und Muneeza im Fahrstuhl kicherten, zeigte Mecir nur sein leeres, gutmütiges Lächeln, nickte – »Ihr könnt mich nennen, wie ihr wollt, okay« – und fuhr fort, das Messing zu putzen und zu polieren. Da es überhaupt keinen Sinn hatte, ihn aufzuziehen, wenn er sich so verhielt, stieg ich ebenfalls in den Fahrstuhl. Während der ganzen Fahrt zum vierten Stock sangen wir alle drei aus vollem Hals und mit unserer schönsten Ray-Charles-Stimme *»I Can't Stop Loving You«*, und das klang wahrhaft schauerlich. Doch da wir unsere Sonnenbrillen trugen, spielte das weiter keine Rolle.

4

Es war der Sommer 1962, und die Schule war zu Ende. Meine kleine Schwester Scheherazade war gerade ein Jahr alt. Durré war hochtoupierte vierzehn; Muneeza war zehn und bereits eine ganz schöne Nervensäge. Wir drei älteren – oder vielmehr Durré und ich, denn Muneeza versuchte verzweifelt, aber erfolglos, in unsere Bande aufgenommen zu werden – standen an Scheherazades Kinderbettchen und sangen ihr etwas vor. »Keine Kinderlieder!« hatte Durré bestimmt, also gab es auch keine, denn obwohl sie in der Schule eine Klasse unter mir saß, war sie die geborene Rädelsführerin. Die Wiegenlieder für die kleine Scheherazade waren unsere ganz persönlichen Versionen der neuesten Hits von Chubby Checker, Neil Sedaka, Elvis und Pat Boone.

»*Why don't you come home, Speedy Gonzales?*« brüllten wir in schönster Disharmonie: vor allem aber, und das mit Verve, sprangen wir herum, drehten uns im Kreis und warfen mit einem Baumwollballen. Wir wären den ganzen Tag so herumgesprungen, hätten uns im Kreis gedreht und mit diesem Baumwollballen geworfen, wenn sich der Maharadscha B. in der Wohnung unter uns nicht beschwert hätte und Aya Mary daraufhin nicht gekommen wäre, um uns anzuflehen, doch endlich leise zu sein.

»He, seht mal, da ist Jambal-Aya, die sich in Mixed-Up verliebt hat!« schrie Durré, und Mary errötete in wahrhaft eindrucksvollem Rot. Also schickten wir prompt ein *Me-oh-my-oh* hinterher; »*son of a gun, we had big fun!*« Aber dann begann das Baby zu schreien, mein Vater kam mit gesenktem Kopf wie ein Stier hereingeschossen, blies Dampf aus beiden Ohren, und wir brauchten sämtliche Glücksbringer, deren wir habhaft werden konnten.

Nachdem ich etwa ein Jahr in England das Internat besuchte, entschloß sich Abba, mit der Familie nachzukommen. Wie all seine Entscheidungen wurde auch diese weder erklärt noch mit irgend jemandem besprochen, nicht einmal mit meiner Mutter. Als sie ankamen, mietete er zwei benachbarte Wohnungen in einem schäbigen Bayswater-

Mietblock, genannt Graham Court, in einem Nichts von Straße versteckt, die sich neben dem ABC-Queensway-Kino in Richtung der Porchester-Bäder dahinzog. Eine dieser beiden Wohnungen beanspruchte er für sich allein, in die andere steckte er meine Mutter, meine drei Schwestern, die Aya und – während der Schulferien – auch noch mich. Da England, wo der Alkohol frei verkauft wurde, der *bonhomie* meines Vaters nicht gerade förderlich war, empfanden wir es auf eine gewisse Weise als Erleichterung, eine Wohnung für uns zu haben. Nachts leerte er meistens eine ganze Flasche Johnnie Walker Red Label und eine Siphon-Flasche Sodawasser. Am Abend wagte meine Mutter sich nicht in »seine Wohnung« hinüber. »Er sieht mich an und schneidet Gesichter«, erklärte sie uns. Aya Mary brachte Abba das Abendessen und nahm all seine Anrufe entgegen (wenn er irgend etwas wollte, telefonierte er, um es von uns zu verlangen). Ich weiß nicht genau, warum Mary von seinen alkoholisierten Wutausbrüchen verschont blieb. Sie behauptete, es komme daher, daß sie neun Jahre älter sei als er und deswegen von ihm verlangen könne, sie respektvoll zu behandeln.

Nach ein paar Monaten jedoch mietete mein Vater eine Wohnung mit drei Schlafzimmern im vierten Stock eines Hauses mit vornehmer Adresse. Das war das Waverley House im Kensington Court, W 8. Zu den übrigen Bewohnern gehörten gleich zwei indische Maharadschas, der sportliche Fürst

P. wie auch der alte B., den ich schon erwähnt habe. Nun hockten wir alle eng aufeinander, meine Eltern und Baby Scare-zade (wie ihre Geschwister sie liebevoll nannten) im Elternschlafzimmer, wir drei in einem viel kleineren Zimmer und Mary, wie ich leider zugeben muß, auf einer Strohmatte, die auf dem Teppichboden des Korridors ausgebreitet wurde. Aus dem dritten Schlafzimmer wurde das Arbeitszimmer meines Vaters, wo er seine Anrufe erledigte sowie seine »Encyclopaedia Britannica« verwahrte, seine »Reader's-Digest«-Hefte und (fest verschlossen) die Fernsehtruhe. Wir betraten es auf eigene Gefahr. Es war die Höhle des Minotaurus.

Eines Morgens ließ er sich dazu überreden, zur Apotheke an der Ecke zu gehen und einige Dinge für das Baby zu besorgen. Als er wiederkam, machte er ein Gesicht wie ein gekränkter Schuljunge, das ich noch nie an ihm gesehen hatte, und er drückte eine Hand an die Wange.

»Sie hat mich geschlagen«, beklagte er sich.

»*Hai! Allah-tobah!* Liebling!« rief meine Mutter aufgeregt. »Wer hat dich geschlagen? Bist du verletzt? Laß mich sehen, zeig mal her!«

»Dabei hab ich gar nichts getan«, versicherte er und stand, die Apothekentüte in der anderen Hand und mit einem Gesicht, so rot wie Mecirs Gummihandschuhe, im Korridor. »Ich bin einfach mit deiner Liste reingegangen. Das junge Mädchen wirkte sehr hilfsbereit. Ich hab nach Babynahrung, Johnson's Babypuder und Salbe fürs Zahnen gefragt, und sie hat alles zusammengeholt. Dann habe ich sie gefragt, ob sie vielleicht *nipples* hätte, und da hat sie mich geohrfeigt.«

Meine Mutter war entsetzt. »Nur deswegen?«

Certainly-Mary stimmte ihr bei. »Was soll dieser Unsinn?« wollte sie wissen. »Ich bin auch schon in dieser Chemiebude gewesen, und die haben alle möglichen *nickles,* in verschiedenen Größen, ein paar davon offen ausgestellt.«

Durré und Muneeza konnten nicht mehr an sich halten. Lachend wälzten sie sich auf dem Fußboden und strampelten mit den Beinen in der Luft.

»Ihr beiden haltet jetzt sofort Ruhe!« befahl meine Mutter. »Eine Wahnsinnige hat euren Vater geschlagen. Was ist so komisch daran?«

»Nicht zu fassen«, japste Durré. »Du hast dich vor dieses Mädchen gestellt und gesagt« – hier prustete sie wieder los, stampfte mit den Füßen und hielt sich den Bauch – »›Haben Sie *nipples*?‹«

Das Gesicht meines Vaters wurde finster und dunkelrot. Durré riß sich zusammen. »Aber Abba«, sagte sie schließlich, »Schnuller heißen hier *teats.*«

Jetzt schlugen sich meine Mutter und Mary die Hand vor den Mund, und selbst mein Vater war schockiert. »Aber wie schamlos!« sagte meine Mutter. »Dasselbe Wort wie das, was an unserem Busen ist!« Sie errötete und streckte vor Scham die Zunge heraus.

»Diese Engländer!« seufzte Certainly-Mary. »Die sind doch das Letzte. Natürlich – ja, das sind sie wirklich.«

Ich erinnere mich deswegen mit so großem Vergnügen an diese Episode, weil es das einzige Mal war, daß ich meinen Vater fassungslos sah; der Zwischenfall wurde Legende und das junge Mädchen in der Apotheke zum Objekt ehrfürchtiger Betrachtung. (Durré und ich gingen einmal hin, nur um sie uns anzusehen – sie war ein unscheinbares, etwas kurz geratenes Mädchen von ungefähr siebzehn Jahren mit großen, unübersehbaren Brüsten –, doch als sie merkte, daß wir über sie munkelten, funkelte sie uns so wütend an, daß wir schleunigst die Flucht ergriffen.) Aber ich erinnere mich auch, weil es mir bei dem allgemeinen Gelächter gelang, die beschämende Tatsache zu verbergen, daß ich, der ich schon so lange in England war, denselben Fehler gemacht hätte wie Abba.

Aber es waren nicht nur Certainly-Mary und meine Eltern, die Probleme mit der englischen Sprache hatten. Meine Schulkameraden kicherten, wenn ich auf meine Bombay-Art *brought-up* statt *upbringing* sagte (etwa »wo war dein Heranwachsen?«) und *thrice* statt *three times* und *macaroni* für Pasta im allgemeinen. Was übrigens den Unterschied zwischen *nipples* und *teats* betrifft, so hatte ich wirklich keine Gelegenheit, meinen Wortschatz auf diesem Gebiet zu erweitern.

5

Deshalb war ich, als Mixed-Up sie besuchen kam, ein bißchen eifersüchtig auf Certainly-Mary. Er klingelte bei uns, während sein Körper vor Ehrerbietung in dem alten Anzug schlotterte, der ihm so weit geworden war, daß er die Hose mit einem Gürtel zusammenschnüren mußte; seine Gummihandschuhe hatte er ausgezogen, und er hielt Rosen in der Hand. Mein Vater, der ihm die Tür öffnete, maß ihn mit einem vernichtenden Blick. Als Snob war Abba alles andere als erfreut darüber, daß es zur Wohnung keinen gesonderten Dienstboteneingang gab, so daß selbst ein Portier behandelt werden mußte, als sei er ein Bewohner desselben Universums wie er.

»Mary«, stieß Mixed-Up schließlich hervor, leckte sich die Lippen und strich sich das unordentliche weiße Haar zurück. »Ich, besuchen Miss Mary, gekommen bin ...«

»Warten Sie!« gab Abba zurück und schlug ihm die Tür vor der Nase zu.

Von da an verbrachte Certainly-Mary jeden freien Nachmittag mit dem alten Mixed-Up, obwohl ihre erste Verabredung kein voller Erfolg gewesen war. Er nahm sie mit »in den Westen«, um ihr das Touristen-London zu zeigen, das sie noch nie gesehen hatte, doch oben an einer Rolltreppe auf dem Piccadilly Circus, während Mecir ihr mühsam die Wörter auf den Postern vorbuchstabierte, die sie nicht lesen konnte – UNZIP A BANANA und IDRIS WHEN I'S DRI –, verfing sich ihr Sari in der Maschinerie, und die Rolltreppe begann an dem Gewand zu zerren. Sie war gezwungen, sich wie ein Kreisel um sich selbst zu drehen und schrie aus vollem Hals: *»O baap! Baapu-ré! Baap-ré-baap-ré-baap!«* Es war Mixed-Up, der sie rettete, indem er den Halteknopf drückte, bevor der Sari ganz und gar abgewickelt war und sie vor aller Welt in ihrem Unterrock dagestanden hätte.

»O Courter!« weinte sie an seiner Schulter. »O nie wieder Rolltreppe, Courter, nicht noch mal, natürlich nicht!«

Meine eigenen amourösen Sehnsüchte zielten auf Durrés beste Freundin, eine Polin namens Rozalia, die einen Ferienjob in Faimans Schuhgeschäft an der Oxford Street angenommen hatte. Krank vor Liebe heftete ich mich, solange die Ferien dauerten, und dann während der folgenden zwei Jahre immer und immer wieder an ihre Fersen. Zuweilen gestattete sie mir, mit ihr zusammen zu Mittag zu essen, und ließ sich von mir zu Coke und Sandwich einladen, und einmal begleitete sie mich zu den Tribünen an der White Hart Lane, wo wir Jimmy Greaves bei seinem ersten Fußballspiel für die Tottenham Hotspurs zusahen. »Nun kommt schon, ihr Woi-oißen«, riefen wir pflichtschuldigst. »Nun kommt schon, ihr Lilien-Woißen!« Anschließend nahm sie mich sogar mit ins Hinterzimmer von Faiman,'s wo sie mich zweimal küßte und mir erlaubte, ihre Brust zu berühren, aber das war auch schon alles.

Und dann war da meine Quasicousine Chandni; die Schwester ihrer Mutter hatte den Bruder meiner Mutter geheiratet, aber die beiden lebten schon wieder getrennt. Chandni war achtzehn Monate älter als ich und so sexy, daß es mich krank machte. Sie ließ sich zur klassischen indischen Tänzerin ausbilden, Odissi wie auch Natyam, kleidete sich aber vorerst in knappe schwarze Jeans sowie ein enganliegendes schwarzes Polohemd und nahm mich hin und wieder mit zu »Bunjie's«, wo sie die meisten Folkmusic-Leute kannte, die das Lokal frequentierten, und wo sie auf den Namen Moonlight hörte, denn genau das bedeutet *chandni.* Ich rauchte mit den Folkies eine Zigarette nach der anderen und hastete anschließend auf die Toilette, um mich zu übergeben.
Chandni war der Stoff, aus dem Besessenheit wird. Sie war ein Teenagertraum, der Moon River, der wie die Göttin Ganga, aufgeputzt in glänzendem Schwarz, auf die Erde herniederkam. Aber für sie war ich nichts weiter als ihr junger Greenhorn-Cousin, zu dem sie nett war, weil er noch nicht gelernt hatte, allein zurechtzukommen.

»She-E-rry, won't you come out tonight?« jodelten die Four Seasons. Ich wußte genau, was sie empfanden. *»Come, come, come out toni-yi-yight.«* Und dann kannst du mich auch gleich *»love, love me do«*.

6

Sie gingen in den Kensington Gardens spazieren. »Pan«, sagte Mixed-Up und deutete auf eine Statue. »Verlorn Junge. Nie erwachsen.« Sie gingen zu Barkers und Pontings oder Derry & Toms und wählten Möbel und Vorhänge für imaginäre Wohnungen aus. Sie durchstreiften Supermärkte und suchten sich kleine Delikatessenläden, um dort etwas zu essen. In Mecirs vollgestopfter Portiersloge tranken sie, was er als »Schimpansentee« bezeichnete, und toasteten vor einem elektrischen Heizofen Crumpets.

Dank Mixed-Up konnte Mary endlich fernsehen. Am besten gefielen ihr die Kindersendungen, vor allem »Familie Feuerstein«. Einmal vertraute Mary, kichernd vor so viel Wagemut, Mixed-Up an, Fred und Wilma erinnerten sie an ihren Sahib und ihre Begum Sahib oben; woraufhin der Courter, nicht weniger tollkühn als sie, zuerst auf Certainly-Mary und dann auf sich selbst deutete, ein breites, zahnlückiges Grinsen zeigte und sagte: »Geröllheimer.«
Später, bei den Nachrichten, warnte ein fuchsgesichtiger Engländer mit schmalem Schnäuzer und Wahnsinn im Blick vor den Einwanderern. Certainly-Mary schlug mit der Hand auf den Apparat: *»Khali-pili bom marta«*, protestierte sie und übersetzte dann für ihren Gastgeber: »Für gar nichts schreit, schreit. Schlechtes Leben! Abschalten!«

Immer wieder wurden sie von den Maharadschas B. und P. gestört, die herunterkamen, um ihren Ehefrauen zu entkommen und von der Telefonzelle in der Portiersloge aus andere Damen anzurufen.
»Ach Baby, vergiß den Kerl«, sagte der sportliche Fürst P., der seine Tage im weißen Tennisdreß zu verbringen schien und dessen protzige goldene Rolex im dichten Haarpelz auf seinem Unterarm fast unterging. »Ich hab dir was Besseres zu bieten als der, Baby; herzlich willkommen in meiner Welt!«
Der Maharadscha B. war älter, häßlicher und sachlicher. »Ja, gut, bringen Sie alle Geräte mit! Das Zimmer ist auf den Namen Mr. Douglas Home gebucht. Sechs Uhr fünfundvierzig bis sieben Uhr fünfzehn. Haben Sie eine gedruckte Gebührenkarte? Bitte. Außerdem ein zwei Fuß langes Lineal, aber aus Holz. Und eine Rüschenschürze.«

Dies alles blieb mir vom Waverley House in Erinnerung, von diesem Durcheinander an schlechten Ehen, Schnaps, Ehebrechern und unerfüllten jungen Gelüsten; vom Maharadscha P., wie er jeden Abend im roten Sportwagen mit dazu passender Blondine Richtung Londons Casinoland davonröhrte, und vom Maharadscha B., wie er sich mit Sonnenbrille im Dunkeln und auch im Sommer hochgeschlagenem Mantelkragen zur Kensington High Street davonstahl; und im Zentrum dieses kleinen Universums saßen Certainly-Mary und ihr

Courter, tranken Schimpansentee und sangen die Nationalhymne von Felsental mit:

Flintstones! Meet the Flintstones!
They're the modern stone age family.

Aber sie waren ganz und gar nicht wie Barney und Betty Geröllheimer. Sie waren förmlich und höflich. Sie waren *courtly.* Er machte ihr den Hof, während sie wie ein schüchterner, gelockter Unschuldsengel den Kopf neigte und sich den Hof machen ließ.

They're a page right out of his-to-ry.

7

Im Jahre 1963 verbrachte ich ein Semester-Wochenende in Beccles, Suffolk, bei Field Marshal Sir Charles Lutwidge-Dodgson, einem alten Indienexperten und Freund der Familie, der meinen Antrag auf die britische Staatsbürgerschaft unterstützte. »Der Dodo«, wie er genannt wurde, lud mich allein zu sich ein, weil er mich, wie er sagte, ein wenig besser kennenlernen wollte.

Er war ein wuchtiger Mann, dem die Haut inzwischen zu lose am Gesicht hing, ein Riese, der in einem winzigen Cottage mit Strohdach hauste und sich ständig den Schädel anstieß. Kein Wunder, daß er zuweilen reizbar war; er lebte in der Hölle,

ein Gulliver, gefangen in diesem Rosengarten-Liliput mit Krockettoren, Kirchenglocken, sepiafarbenen Fotos und alten Regimentstrompeten.
Das Wochenende war wechselhaft und unbehaglich, bis der Dodo sich erkundigte, ob ich Schach spiele. Die Aussicht auf ein Spiel gegen einen Feldmarschall erfüllte mich mit Ehrfurcht und ließ mich beklommen nicken – doch neunzig Minuten später hatte ich zu meiner eigenen Verwunderung das Spiel gewonnen.
Stolzgeschwellt ging ich in die Küche, um vor Mrs. Liddell, der langjährigen Haushälterin des alten Troupiers, ein bißchen zu prahlen. Doch kaum war ich eingetreten, da meinte sie: »Sag bloß nicht, daß du gegen ihn gewonnen hast!«
»Aber ja doch«, antwortete ich mit gespielter Lässigkeit. »Ich hab gewonnen.«
»Großer Gott!« stöhnte Mrs. Liddell. »Dann wird's jetzt aber was Schönes geben! Du gehst auf der Stelle wieder hinein und bittest ihn um ein zweites Spiel! Und sorgst diesmal, bitte schön, dafür, daß er auf jeden Fall gewinnt!«
Ich tat, wie geheißen, aber ich wurde nie wieder nach Beccles eingeladen.

Immerhin verlieh mir der Sieg über den Dodo neues Selbstvertrauen am Schachbrett, so daß ich, als ich nach Abschluß der mittleren Reife ins Waverley House zurückkehrte und von Mixed-Up zu einem Spiel aufgefordert wurde (Mary hatte ihm voll Stolz und mit einiger Übertreibung von mei-

nem Sieg in der Schlacht von Beccles berichtet), sofort sagte: »Aber sicher, von mir aus gern.« Wie lange konnte es denn schließlich dauern, diesen alten Trottel vernichtend zu schlagen?
Es folgte ein königliches Massaker. Mixed-Up schlug mich nicht nur; er verspeiste mich zum Frühstück, auf beiden Seiten kroß gebraten. Ich vermochte es nicht zu glauben – die listige Eröffnung, sein schlagfertiges Kombinationsspiel, die Wucht seiner Attacken gegen meine auf unerklärliche Weise eingeente, hilflose Position – und bat um ein zweites Spiel. Diesmal führte er mich noch genußvoller vor. Schließlich saß ich gebrochen und den Tränen nahe auf meinem Stuhl. *Big girls don't cry,* ermahnte ich mich, aber in meinem Kopf ging der Song weiter: *That's just an alibi.*
»Wer bist du?« fragte ich ihn, jede Silbe schwer von Demütigung. »Der Teufel im Tarnanzug?«
Mixed-Up zeigte sein breites, dümmliches Grinsen. »Großmeister«, gab er zurück. »Lange her. Vor Kopf.«

»Du bist Großmeister?« wiederholte ich, noch immer benommen. Dann fiel mir in einem Augenblick des Schreckens ein, daß ich in einem Buch über klassische Partien den Namen Mecir gelesen hatte. »Nimzo-Indian«, sagte ich laut. Er strahlte und nickte heftig.
»*Der* Mecir?« fragte ich staunend.
»Ja, der«, antwortete er. Aus seinem schlaffen Altmännermund rann Speichel. Diese menschliche

Ruine stand in den Büchern. Er stand tatsächlich in den Büchern. Und konnte selbst mit total kaputtem Hirn noch immer mit mir Schlitten fahren.
»Nun spiel mit Lady.« Er lächelte. Ich verstand ihn nicht. »Mary Lady«, sagte er. »Ja, ja natürlich.«
Sie schenkte uns Tee ein, wartete auf meine Antwort. »Aber Aya, du kannst doch gar nicht Schach spielen«, wandte ich verunsichert ein.
»Lernen, *baba*«, sagte sie. »Was ist es? Nur ein Spiel.«
Und dann schlug auch sie mich kurz und klein, und auch noch mit Schwarz. Es war ein Tag, den ich weiß Gott nicht als den großartigsten in meinem Leben verzeichnen konnte.

8

Aus »100 Most Instructive Chess Games« von Robert Reshevsky, 1961:

M. Mecir – M. Najdorf
Dallas 1950, Nimzo-Indian Defense
Den Angriff eines Taktikers abzuwehren kann schwierig sein – den eines Strategen jedoch weitaus schwieriger. Während die Drohungen des Taktikers meist eindeutiger Natur sind, kompliziert der Stratege die Situation, indem er den Gegner im ungewissen läßt. Er droht zu drohen!
Nehmen wir zum Beispiel folgende Partie: Mecir postiert einen Springer auf d5, um das Zentrum zu

beherrschen. Dann bildet er einen Freibauern am Damenflügel, um seinen Gegner auf dieser Seite zu beschäftigen. Schließlich stiftet er Unruhe auf dem Königsflügel. Was soll der arme, verwirrte Gegner tun? Wie kann er sich gegen alle Drohungen zugleich verteidigen? Wo wird der entscheidende Schlag fallen? Lesen Sie, wie Mecir Najdorf in Atem hält, indem er ständig den Kriegsschauplatz wechselt!

Schach war zu ihrer ganz persönlichen Sprache geworden. Old Mixed-Up, der praktisch keine Worte mehr fand, hatte sich auf dem Schachbrett einen großen Teil jener Artikulationsfähigkeit und Subtilität bewahrt, die aus seiner Sprache verschwunden waren. Während Certainly-Mary immer mehr dazulernte – und das tat sie für jemanden, der weder lesen noch schreiben noch den Buchstaben P aussprechen konnte, mit erstaunlicher Geschwindigkeit, wie ich erbittert feststellen mußte –, vermochte sie die geistigen Fähigkeiten des reduzierten Maestros, mit dem sie so unerwartet eine Verbindung geknüpft hatte, immer besser zu begreifen und auf sie zu reagieren.
Er unterrichtete sie mit großer Geduld, indem er ihr die Dinge zeigte, statt sie mit Worten zu erklären, und ihr Eröffnungen, Kombinationen und die Technik des Endspiels so lange wiederholte, bis sie den Sinn der Beispiele begriff. Wenn die beiden spielten, brachte er sich selbst ins Hintertreffen, zeigte ihr die besten Züge, demonstrierte deren

Folgen, und zog sie so, Schritt um Schritt, in die unerschöpflichen Möglichkeiten des Schachspiels hinein.

Das war das Liebesspiel der beiden. »Es ist wie ein Abenteuer, *baba*«, versuchte es Mary mir einmal zu erklären. »Es ist, wie reise ich mit ihm in sein Land, weißt du? Was für ein Land, *baap-ré*! Frächtig und gefährlich und komisch und ein Rätsel. Für mich eine ganz große Entdeckung. Was soll ich dir sagen? Fang an zu sfielen. Es ist ein Wunder.«
Da begriff ich, wie weit die Dinge zwischen ihnen gediehen waren. Certainly-Mary hatte niemals geheiratet und dem guten Mixed-Up auch klargemacht, daß es für so einen Unsinn in ihrem Alter zu spät sei. Der Courter war Witwer und hatte irgendwo, längst verschollen hinter den ständig wachsenden Mauern Osteuropas, erwachsene Kinder. Aber im Schachspiel hatten sie eine Art Flirt gefunden, etwas endlos Neues, das die Gefahr der Langeweile ausschloß, ein höfisches Wunderland ihrer alternden Herzen.
Was hätte der Dodo wohl davon gehalten? Ganz zweifellos wäre es ein Skandal für ihn gewesen, mit ansehen zu müssen, wie das Schachspiel, ausgerechnet das Schachspiel, diese großartige Formalisierung des Krieges, in eine Kunst der Liebe verwandelt wurde.

Was mich betrifft: Meine Niederlagen gegen Certainly-Mary und ihren Courter waren der Beginn weiterer Demütigungen. Durré und Muneeza bekamen Mumps, und trotz aller Bemühungen meiner Mutter, uns auseinanderzuhalten, steckte auch ich mich schließlich an. Entsetzt lag ich im Bett, während der Arzt von mir verlangte, so wenig wie möglich aufzustehen und umherzugehen. »Wenn du das tust«, versicherte er mir, »brauchen deine Eltern dich nicht zu bestrafen. Denn dann hast du dich selbst genügend bestraft.«

Während der darauffolgenden Wochen plagten mich Tag und Nacht Vorstellungen von grotesk geschwollenen Hoden und einem daraus resultierenden Leben in schlaffer Impotenz – vorbei, bevor es noch richtig losging, das war nicht fair! –, und das alles verschlimmert durch die schnelle Genesung meiner Schwestern und ihre unaufhörlichen Spötteleien. Zum Schluß aber hatte ich doch noch Glück; die Krankheit verbreitete sich nicht bis in den tiefen Süden. »Stell dir vor, wie glücklich deine einhundertundeins Freundinnen sein werden, *bhai*«, höhnte Durré, die alles über meine fortgesetzten Mißerfolge in Sachen Rozalia und Chandni wußte.

Im Radio sangen die Leute ständig davon, wie schön es sei, sechzehn zu sein. Ich fragte mich, wo denn all diese Jungen und Mädchen in meinem Alter waren, die sich so sehr ihres Lebens freuten. Kreuzten sie in Studebaker-Cabrios durch Amerika? In unserem Viertel hielten sie sich jedenfalls nicht auf. *Another Saturday night* … London, W8, war in jenem Sommer ausschließlich Sam-

Cooke-Country. Da mag irgendeine Superschnulze Nummer eins auf den Charts gewesen sein, mein Platz war weiter unten bei Lonely Sam – Wie-gern-hätte-ich-doch-jemanden etc. –, und ich fühlte mich, ehrlich gesagt, ziemlich bescheiden.

How I wish I had someone to talk to,
I'm in an awful way.

9

»*Baba,* schnell kommen!«

Es war später Abend, als Aya Mary mich wachrüttelte. Nach endlosem, eindringlichem Gezischel gelang es ihr, mich aus dem Schlaf zu zerren und mich, im Schlafanzug und ständig gähnend, in den Korridor hinauszulotsen. Auf dem Treppenabsatz vor unserer Wohnung kauerte Mixed-Up, der Courter, wie ein hilfloses Bündel an der Wand und weinte. Er hatte ein blaues Auge, und an seinem Mund klebte getrocknetes Blut.

»Was ist passiert?« fragte ich Mary erschrocken.

»Männer«, jammerte Mixed-Up. »Drohen. Schlagen.«

Er hatte etwas früher am Abend in seiner Loge gesessen, als der sportliche Maharadscha von P. hereingeplatzt kam und sagte: »Wenn irgend jemand nach mir fragt, okay, so Schlägertypen, okay, ich bin nicht da, okay? Oh, Sie nehmen den Tee.

Lassen Sie sie nicht nach oben, okay? Dickes Trinkgeld, okay?«
Kurze Zeit später tauchte der alte Maharadscha von B. ebenfalls in Mecirs Loge auf und wirkte höchst beunruhigt.
»*Suno,* hören Sie«, sagte der Maharadscha von B., »Sie wissen nicht, wo ich bin, *samajh liya*? Verstanden? Irgendwelche primitive Personen könnten nach mir fragen. Sie wissen nichts. Ich bin im Ausland, *achha*? Auf ausgedehnten Auslandsreisen. Tun Sie Ihre Pflicht, Portier! Reiche Entschädigung winkt.«
Spät am Abend tauchten tatsächlich zwei Schlägertypen auf. Wie es schien, hatte der behaarte Fürst P. Spielschulden. »Nicht da.« Mixed-Up zeigte sein schönstes Lächeln. Die beiden Schlägertypen nickten bedächtig. Sie hatten lange Haare und wulstige Lippen wie Mick Jagger. »Aha, der Herr ist beschäftigt. Wir hätten uns einen Termin geben lassen sollen«, wandte sich der erste Typ an den zweiten. »Hab ich dir nicht gesagt, wir hätten vorher anrufen sollen?«
»Doch, das hast du«, bestätigte der zweite Typ. »So was muß man richtig machen, hast du gesagt, der Mann ist fürstlichen Geblüts. Und recht hast du gehabt, mein Sohn, ich gestehe, daß ich mich geirrt habe. Ich erinnere mich genau.«
»Wir werden unsere Visitenkarte hinterlassen«, sagte der erste Typ. »Dann weiß er, daß er uns erwarten darf.«
»Ideal«, sagte der zweite Typ und schmetterte dem

alten Mixed-Up die Faust zwischen die Zähne. »Also, du sagst es ihm«, sagte der zweite Typ und pflanzte dem Alten die Faust aufs Auge. »Sobald er nach Hause kommt. Du wirst's ihm sagen.«

Anschließend hatte er die Haustür abgeschlossen; aber viel später, lange nach Mitternacht, hämmerte jemand dagegen.
»Wer?« rief Mixed-Up.
»Wir sind enge Freunde des Maharadscha von B.«, sagte eine Stimme. »Nein, das stimmt nicht. Gute Bekannte.«
»Er verkehrt mit einer Dame aus unserem Bekanntenkreis«, erläuterte eine zweite Stimme. »Um genau zu sein.«
»In diesem Zusammenhang hätten wir ihn gern gesprochen«, sagte die erste Stimme.
»Nicht da«, antwortete Mecir. »Jetflieger. Weg.«
Nun herrschte Schweigen. Dann sagte die zweite Stimme: »Man kann nicht zum Jet-set gehören und nie den Fuß in einen Jet setzen, eh? Biarritz, Monte und so weiter.«
»Vergessen Sie nicht«, mahnte die erste Stimme, »Seiner Hoheit auszurichten, daß wir sehnsüchtig seine Rückkehr erwarten.«
»Im Zusammenhang mit unserer gemeinsamen Freundin«, sagte die zweite Stimme. »Sehnsüchtig.«

Was soll der arme, verwirrte Gegner tun? Unversehens fiel mir der Text aus dem Schachbuch ein. *Wie kann er sich gegen alle Drohungen zugleich verteidigen? Wo wird der entscheidende Schlag fallen? Lesen Sie, wie Mecir Najdorf in Atem hält, indem er ständig den Kriegsschauplatz wechselt.*

Mixed-Up war in seine Pförtnerloge zurückgekehrt, und diesmal war er in Tränen ausgebrochen, obwohl ihm niemand Gewalt angetan hatte. Nach einiger Zeit war er mit dem Lift in den vierten Stock hinaufgefahren, um, durch den Briefschlitz flüsternd, Certainly-Mary ins Bild zu setzen, die auf ihrer Matte schlief.

»Ich wollte den Sahib nicht wecken«, sagte Mary. »Du kennst sein Froblem, *na*? Und Begum Sahib ist nach einem langen Tag so müde. Also sag uns, *baba*, was sollen wir tun?«

Was erwartete sie Großes von mir? Ich war erst sechzehn. »Mixed-Up muß die Polizei anrufen«, schlug ich nicht sehr originell vor.

»Nein, nein, *baba*«, widersprach Certainly-Mary energisch. »Wenn der Courter dem Maharadscha-*log* einen Skandal anhängt, ist es natürlich schließlich nur der Courter, der auf der Straße sitzen wird.«

Etwas anderes wollte mir nicht einfallen. Ich stand vor den beiden und fühlte mich wie ein Idiot, während sie mit ängstlichem, flehenden Blick zu mir aufsahen.

»Geht schlafen!« riet ich ihnen. »Wir werden morgen früh darüber nachdenken.« Die ersten beiden Schläger waren Taktiker, dachte ich. Mit ihnen fertig zu werden, war schwierig. Aber das zweite

Paar ist viel gefährlicher; das sind die Strategen. Die drohen zu drohen!

Am folgenden Morgen geschah erst einmal nichts, und der Himmel war klar. Es war fast unmöglich, an Fäuste und drohende Stimmen vor der Haustür zu glauben. Im Verlauf des Tages statteten beide Maharadschas dem Portier einen Besuch ab und steckten ihm Fünf-Pfund-Noten in die Westentasche. »Stellung gehalten, guter Mann«, lobte der Fürst P., und der Maharadscha B. stimmte in dieses Lob ein: »Haargenau. Alles unter Kontrolle, *achha*? Problem gelöst.«

Am Nachmittag hielten wir drei – Aya Mary, ihr Courter und ich – Kriegsrat und entschieden, daß keine weiteren Aktionen mehr nötig seien. Der Portier stehe in derartigen Situationen immer an vorderster Front, erklärte ich, und diese Front habe gehalten. Nun gebe es kein Risiko mehr. Das sei uns versichert worden. Ende der Geschichte.

»Ende der Geschichte«, wiederholte Certainly-Mary skeptisch, aber dann hellte sich ihre Miene , um Mecir zu beruhigen, ein wenig auf. »Richtig«, sagte sie. »Aber natürlich! Alles vorbei, *finis.*« Zur Betonung klatschte sie laut in die Hände. Sie fragte Mixed-Up, ob er nicht Schach spielen wolle; doch ausnahmsweise hatte der Courter dieses Mal keine Lust.

10

Danach lenkten mich eine Weile Gewalttätigkeiten in meiner unmittelbaren Nähe von Mixed-Ups und Certainly-Marys Geschichte ab.

Meine mittlere Schwester, Muneeza, war inzwischen elf und kam ein wenig zu früh in ihre rebellische Phase. Sie war die einzig wahre Erbin der Wutanfälle meines Vaters, und wenn sie die Beherrschung verlor, bot sie einen fürchterlichen Anblick. In jenem Sommer schien sie bewußt Streit mit meinem Vater herauszufordern; so jung sie auch war, sie schien ihre Kräfte unbedingt mit den seinen messen zu wollen. (Ich mischte mich in ihre Auseinandersetzungen mit Abba nur ein einziges Mal ein, und zwar in der Küche. Da griff sie sich die Küchenschere und warf sie nach mir. Ich kam mit einem Schnitt im Schenkel davon, hielt von da an aber Abstand von ihr.)

Wenn ich die Kämpfe der beiden beobachtete, hatte ich das Gefühl, von der Idee der Familie an sich abzurücken. Ich betrachtete meine kreischende Schwester und dachte mir, wie perfekt selbstzerstörerisch sie doch war, wie triumphierend sie das Verhältnis zu den Menschen ruinierte, die sie am dringendsten brauchte.

Und ich betrachtete meinen cholerischen Vater mit seinem wutverzerrten Gesicht und machte mir Gedanken über meine britische Staatsbürgerschaft. Mit meinem indischen Paß konnte ich nur in sehr wenige Länder reisen, die auf der zweiten

rechten Seite sorgfältig aufgezählt waren. Aber vielleicht bekam ich schon bald einen britischen Paß, und dann würde ich Abba, komme, was wolle, endgültig verlassen. Nie mehr im Leben wollte ich sein rotes, verzerrtes Gesicht sehen müssen.
Mit sechzehn glaubt man noch, seinem Vater entrinnen zu können. Man merkt nicht, daß seine Stimme aus dem eigenen Mund spricht, man sieht nicht, daß die eigenen Gesten bereits ein Spiegelbild der seinen sind; man sieht ihn nicht in der Art, wie man sich hält, und nicht in der Art, wie man unterschreibt. Man hört nicht sein Raunen im eigenen Blut.

An dem Tag, von dem ich Ihnen erzählen muß, brach meine zweijährige Schwester Chhoti Scheherazade, Little Scare-zade, wie schon so oft bei einem Familienkrach in Tränen aus. Amma und Aya Mary packten sie in ihre Kinderkarre und verließen fluchtartig die Szene. Sie fuhren mit ihr zum Kensington Square, setzten sich auf den Rasen, ließen Scheherazade laufen und ergingen sich, während sie sich austobte, in philosophischen Bemerkungen. Als sie dann einschlief, begaben sie sich im schwindenden Licht des frühen Abends nach Hause. Vor dem Waverley House wurden sie von zwei gutgekleideten jungen Männern mit Beatles-Frisur und in den hochgeknöpften, kragenlosen Jacken, die jene Band damals populär machte, angesprochen. Der erste dieser jungen Männer erkundigte sich bei meiner Mutter zuvor-

kommend, ob sie möglicherweise die Maharani von B. sei.
»Nein«, antwortete meine Mutter geschmeichelt.
»O doch, Madam«, widersprach der zweite Beatle ebenso höflich. »Denn Sie wollen zum Waverley House, und das ist die Adresse des Maharadschas.«
»Nein, nein«, beteuerte meine Mutter, immer noch rot vor Freude, »wir sind eine andere indische Familie.«
»Aha.« Der erste Beatle nickte verständnisinnig. Dann legte er zur größten Überraschung meiner Mutter einen Finger an die Nase und zwinkerte ihr zu. »Inkognito, eh? Damit keiner was merkt.«
»Und nun entschuldigen Sie uns«, sagte meine Mutter, der die Geduld ausging. »Wir sind nicht die Damen, die Sie suchen.«
Der zweite Beatle tippte mit der Fußspitze ganz leicht an ein Rad der Kinderkarre. »Ihr Mann besucht Damen, Madam. Haben Sie das gewußt? O ja, das tut er. Und zwar recht intensiv, möchte ich hinzufügen.«
»Zu intensiv«, ergänzte der erste Beatle, während sich seine Miene verfinsterte.
»Ich sage Ihnen doch, ich bin nicht die Maharani Begum«, sagte meine Mutter, die auf einmal Angst bekam. »Deren Angelegenheiten sind nicht meine Angelegenheiten. Also lassen Sie uns freundlicherweise vorbei!«
Der zweite Beatle trat näher an sie heran. Sie spürte seinen Atem, der nach Pfefferminz roch. »Eine der Damen, die er aufsuchte, war unser

Mündel, wie man es ausdrücken könnte«, erklärte er. »Ja, das ist das richtige Wort. Sie stand unter unserem Schutz, verstehen Sie? Deshalb sind wir für ihr Wohlergehen verantwortlich.«
»Ihr Ehemann«, fuhr der erste Beatle fort, zeigte auf beängstigende Art die Zähne und hob seine Stimme um ein weniges, »hat die Ware beschädigt. Haben Sie mich verstanden, Queenie? Er hat die beschissene Ware beschädigt!«
»Verwechslung, andere Ferson«, fuhr Certainly-Mary dazwischen. »Viele indische Mieter im Waverley House. Wir sind anständige Fersonen; ja, natürlich.«
Der zweite Beatle hatte etwas aus einer Innentasche gezogen. Eine Messerklinge funkelte im Licht. *»Fucking wogs«,* schimpfte er. »Ihr kommt, verfuckt noch mal, hier rüber und dann wißt ihr, verfuckt, nicht mal, wie man sich benimmt. Warum zum Teufel verfuckt ihr euch nicht in euer *fucking Wogistan* und fuckt euch in eure verfuckten Ärsche? Also los«, setzte er mit leiser Stimme hinzu und hob das Messer, »knöpft eure Blusen auf!«

In diesem Moment drang lautes Geschrei vom Eingang zum Waverley House herüber. Als sich die beiden Frauen und die beiden Männer umdrehten, kam Mixed-Up herausgestürmt; er brüllte aus vollem Hals und fuchtelte wie ein Wahnsinniger mit den Armen.
»Hallo!« sagte der Beatle mit dem Messer belustigt.

»Wen haben wir denn da? Null-Null-*fucking*-Sieben?«
Mixed-Up versuchte etwas zu sagen, er strengte sich verzweifelt an, doch alles, was aus seiner Kehle kam, war ein unartikuliertes, wildes Geschrei. Scheherazade wachte auf und stimmte mit ein. Die beiden Beatles wirkten mißvergnügt. Doch dann ging in dem alten Mixed-Up etwas vor; irgend etwas zersprang, und in einem Schwall von Worten stieß er hervor: »Sirs Sirs nein Sirs diese nicht B. nicht Frauen von B. Sirs – oben in Stock drei Sirs Maharadscha von B. – Sirs heilige Wahrheit auf Mutters Grab schwöre.«
Das war der längste Satz, den er jemals geäußert hatte, seit seine Zunge vor langer Zeit vom Schlaganfall gelähmt worden war.
Bei diesem Wortschwall und Scheherazades Geschrei reckten sich auf einmal Köpfe aus offenen Türen, Neugierde machte sich überall bemerkbar, und die beiden Beatles nickten ernst. »Bedauerlicher Irrtum«, entschuldigte sich der erste bei meiner Mutter und machte tatsächlich eine Verbeugung. »Kann jedem passieren«, ergänzte der Messermann reumütig. Dann machten sie kehrt und marschierten im Eiltempo davon. Als sie jedoch an Mecir vorbeikamen, blieben sie stehen. »Aber dich kenne ich«, sagte der Messermann. »›Jetflieger. Weg.‹« Eine kurze Bewegung mit dem Arm, und Mixed-Up, der Courter, lag auf dem Pflaster, während ihm Blut aus einer Bauchwunde rann.

»Jetzt alles okay«, keuchte er und verlor das Bewußtsein.

11

Weihnachten befand er sich auf dem Wege der Besserung; dank eines Briefes, den meine Mutter an die Vermieter geschrieben und in dem sie ihn einen »Ritter in schimmernder Wehr« genannt hatte, wurde er gut versorgt, und auch sein Portiersposten blieb ihm erhalten. Während sein Dienst von einem Schichtarbeitsteam wahrgenommen wurde, wohnte er weiterhin in seiner winzigen Portiersloge. »Nur das Beste für den Helden unseres Hauses«, versicherten die Vermieter meiner Mutter in ihrem Antwortschreiben.
Da die beiden Maharadschas und ihre Entourage ausgezogen waren, bevor ich zu den Weihnachtsferien nach Hause kam, hatten wir keine weiteren Besuche der Beatles oder Rolling Stones zu befürchten. Certainly-Mary verbrachte möglichst viel Zeit bei Mecir; aber weit mehr als der arme Mixed-Up beunruhigte mich das Aussehen meiner alten Aya. Sie wirkte älter und irgendwie vertrocknet, als würde sie jeden Moment zu Staub zerfallen.
»Wir wollten dich in der Schule nicht beunruhigen«, sagte meine Mutter. »Sie hat Probleme mit dem Herzen gehabt. Herzklopfen. Nicht ständig, aber.«
Marys Gesundheitszustand hatte die ganze Familie

zur Besinnung gebracht. Muneezas Wutanfälle hatten aufgehört, und selbst mein Vater riß sich am Riemen. Im Wohnzimmer hatten sie einen Weihnachtsbaum aufgestellt und ihn mit allem möglichen Schnickschnack geschmückt. Der Weihnachtsbaum in unserer Wohnung war etwas so Außergewöhnliches, daß mir klar wurde, wie ernst die Situation sein mußte.

Am Heiligen Abend meinte meine Mutter, es würde Mary wohl gefallen, wenn wir gemeinsam ein paar Weihnachtslieder sängen. Amma hatte handschriftlich Notenblätter angefertigt, insgesamt sechs. Als wir »Herbei, o ihr Gläubigen« anstimmten, machte ich mich wichtig, indem ich das Lied auswendig auf Latein sang. Jeder von uns verhielt sich vorbildlich. Als Muneeza vorschlug, wir sollten »Swinging on a Star« oder *»I Wanna Hold Your Hand«* intonieren, statt dieses langweilige Zeug, meinte sie das im Grunde nicht ernst. *Das* ist Familienleben, dachte ich. So ist es richtig.

Aber wir taten nur so, als ob.

Einige Wochen zuvor, in der Schule, war ich einem jungen amerikanischen Footballspieler begegnet, dem Star des Rugbyteams unserer Schule, der in der Kapelle haltlos weinte. Als ich ihn fragte, was denn los sei, erzählte er mir, daß Präsident Kennedy ermordet worden sei. »Das glaube ich dir nicht«, entgegnete ich, aber ich sah deutlich, daß es stimmte. Der Footballstar schluchzte und schluchzte. Ich nahm seine Hand.

»Wenn der Präsident stirbt, ist die ganze Nation verwaist«, sagte er schließlich und plapperte in seinem Kummer eine Phrase nach, die er vermutlich über die »Stimme Amerikas« gehört hatte.
»Ich weiß, was du empfindest«, log ich. »Mein Vater ist auch gerade gestorben.«

Marys Herzprobleme wurden zu einem Rätsel; sie tauchten unversehens auf und verschwanden wieder. Im Verlauf der nächsten sechs Monate wurden alle möglichen Untersuchungen mit ihr angestellt, doch jedesmal schüttelten die Ärzte hinterher den Kopf: Sie konnten keine Symptome bei ihr feststellen. Körperlich war sie putzmunter; nur daß ihr Herz hin und wieder wie die Wildpferde in »Nicht gesellschaftsfähig« bockte und ausschlug, jene Pferde, die es Marilyn Monroe so schwermachten, sie einzufangen und zu bändigen.
Im Frühling kehrte Mecir auf seinen Posten zurück, doch seine Verletzung hatte ihm die innere Kraft geraubt. Es dauerte länger, bis er lächelte, seine Augen blickten stumpfer und mehr nach innen gewandt. Auch Mary war stärker in sich selbst gekehrt. Sie trafen sich immer noch zum Tee mit Crumpets und der »Familie Feuerstein«, doch irgend etwas stimmte nicht mehr so ganz.
Zu Beginn des Sommers offenbarte sich Mary.
»Ich weiß, was mit mir los ist«, verkündete sie meinen Eltern aus heiterem Himmel. »Ich muß nach Hause.«

»Aber, Aya«, wandte meine Mutter ein, »Heimweh ist keine richtige Krankheit.«

»Gott allein weiß, warum wir in dieses Land kommen mußten«, erwiderte Mary. »Aber ich kann nicht länger hierbleiben. Nein. Natürlich nicht.« Sie war fest entschlossen.

Also war es England, das ihr das Herz brach, weil es nicht Indien war. Und London brachte sie um, weil es nicht Bombay war. Und Mixed-Up? fragte ich mich. Tötete der Courter sie auch, weil er nicht mehr er selber war? Oder war es vielmehr so, daß ihr Herz, von zwei verschiedenen Lieben wie mit dem Lasso gefangen, sowohl nach Osten wie nach Westen gezogen wurde – weshalb es auch wieherte und sich aufbäumte wie jene Filmpferde, die von Clark Gable hierhin und von Montgomery Clift dorthin gezerrt wurden – und sie wußte, daß sie sich, um leben zu können, entscheiden mußte?

»Ich muß gehen«, erklärte Certainly-Mary. »Ja, natürlich. *Bas.* Es reicht.«

In jenem Sommer, dem Sommer 1964, wurde ich siebzehn. Chandni kehrte nach Indien zurück. Durrés polnische Freundin Rozalia teilte mir bei einem Sandwich in der Oxford Street mit, sie werde sich mit einem »richtigen Mann« verloben und ich könne sie vergessen, weil dieser Zbigniew sehr eifersüchtig sei. Roy Orbison sang mir *»It's Over«* ins Ohr, während ich zur U-Bahn ging, aber in Wirklichkeit hatte noch nie etwas tatsächlich begonnen.

Certainly-Mary verließ uns Mitte Juli. Mein Vater kaufte ihr eine Fahrkarte nach Bombay, und dieser letzte Vormittag war überschattet vom Trennungsschmerz.
Als wir ihre Koffer zum Wagen hinuntertrugen, konnten wir Mecir, den Portier, nirgends entdekken. Mary klopfte nicht an die Tür seiner Pförtnerloge, sondern marschierte geradewegs durch die frisch gebohnerte, mit Eichenholz getäfelte Halle, in der die Spiegel und die Messingbeschläge auf Hochglanz poliert waren; sie nahm im Fond unseres Ford Zodiac Platz, wo sie mit ihrer Reisetasche auf dem Schoß steif sitzen blieb und geradeaus blickte. Ich hatte sie vom Beginn meines Lebens an gekannt und geliebt. Laß doch deinen verdammten Courter! hätte ich ihr am liebsten zugerufen. Was wird aus mir?

Wie sich herausstellte, hatte sie recht mit ihrem Heimweh. Nachdem sie nach Bombay zurückgekehrt war, hatte sie nie wieder Herzprobleme; und sie fühlte sich, wie das Schreiben ihrer Nichte Stella bestätigte, noch mit einundneunzig kerngesund.
Kurz nach ihrer Abreise teilte mein Vater uns mit, daß er beschlossen habe, unseren »Standort« nach Pakistan »zu verlegen«. Wie gewöhnlich gab es weder Diskussionen noch Erklärungen, nur dieses absolut endgültige Machtwort. Am Ende der Sommerferien löste er den Mietvertrag für die Wohnung im Waverley House auf, und die ganze Fami-

lie zog nach Karachi, während ich ins Internat zurückkehrte.
In jenem Jahr wurde ich britischer Staatsbürger. Vermutlich gehörte ich zu den Glücklichen, weil ich trotz jener unglückseligen Schachpartie den Dodo als Fürsprecher gehabt hatte. Und dieser Paß machte mich in verschiedener Hinsicht frei. Er gestattete mir, zu kommen und zu gehen, wie es mir gefiel, und Entschlüsse zu fassen, die nicht im Sinne meines Vaters gewesen wären. Aber auch ich habe Stricke um den Hals, habe sie bis auf den heutigen Tag: Stricke, die mich hierhin und dorthin zerren, nach Osten und nach Westen, während die Schlingen sich immer enger zusammenziehen und mir befehlen: Entscheide dich! Entscheide dich!
Ich bocke, ich schnaube, ich wiehere, ich bäume mich auf, ich schlage aus. He, Stricke, ich will mich nicht zwischen euch entscheiden müssen! He, Lassos, Seile, ich entscheide mich für keines von euch – und für alle beide. Hört ihr mich? Ich weigere mich, zwischen euch zu wählen.

Ungefähr ein Jahr, nachdem wir ausgezogen waren, kam ich wieder in jene Gegend und betrat das Waverley House, um nachzusehen, wie es dem alten Courter erging. Vielleicht, dachte ich, können wir ein bißchen Schach spielen, und er kann mich wieder mal in Grund und Boden schlagen. Da die Eingangshalle leer war, klopfte ich an die Tür der Pförtnerloge. Ein Fremder öffnete.

»Wo ist Mixed-Up?« erkundigte ich mich verblüfft. Aber sofort entschuldigte ich mich verlegen: »Ich meine Mr. Mecir, den Portier.«

»Der Portier bin ich, Sir«, sagte der Mann. »Und von einem Durcheinander weiß ich nichts.«